U0927183

安庆海

哈尔滨

图书在版编目（CIP）数据

闲韵 / 安庆海著． -- 哈尔滨 ： 黑龙江大学出版社，
2019.5（2021.7 重印）
ISBN 978-7-5686-0333-1

Ⅰ．①闲… Ⅱ．①安… Ⅲ．①诗词－作品集－中国－当代 Ⅳ．①I227

中国版本图书馆 CIP 数据核字（2019）第 044383 号

闲韵
XIANYUN
安庆海 著

责任编辑 张微微
出版发行 黑龙江大学出版社
地　　址 哈尔滨市南岗区学府三道街 36 号
印　　刷 三河市春园印刷有限公司
开　　本 720 毫米 ×1000 毫米 1/16
印　　张 21.25
字　　数 212 千
版　　次 2019 年 5 月第 1 版
印　　次 2021 年 7 月第 2 次印刷
书　　号 ISBN 978-7-5686-0333-1
定　　价 64.00 元

作者近照

2018年秋作者与著名诗人王玉德老师于巴彦留影

2018 年秋作者与著名摄影师杜忱老师于巴彦留影

2018年冬作者摄于海南天涯海角

2019年春作者摄于巴彦

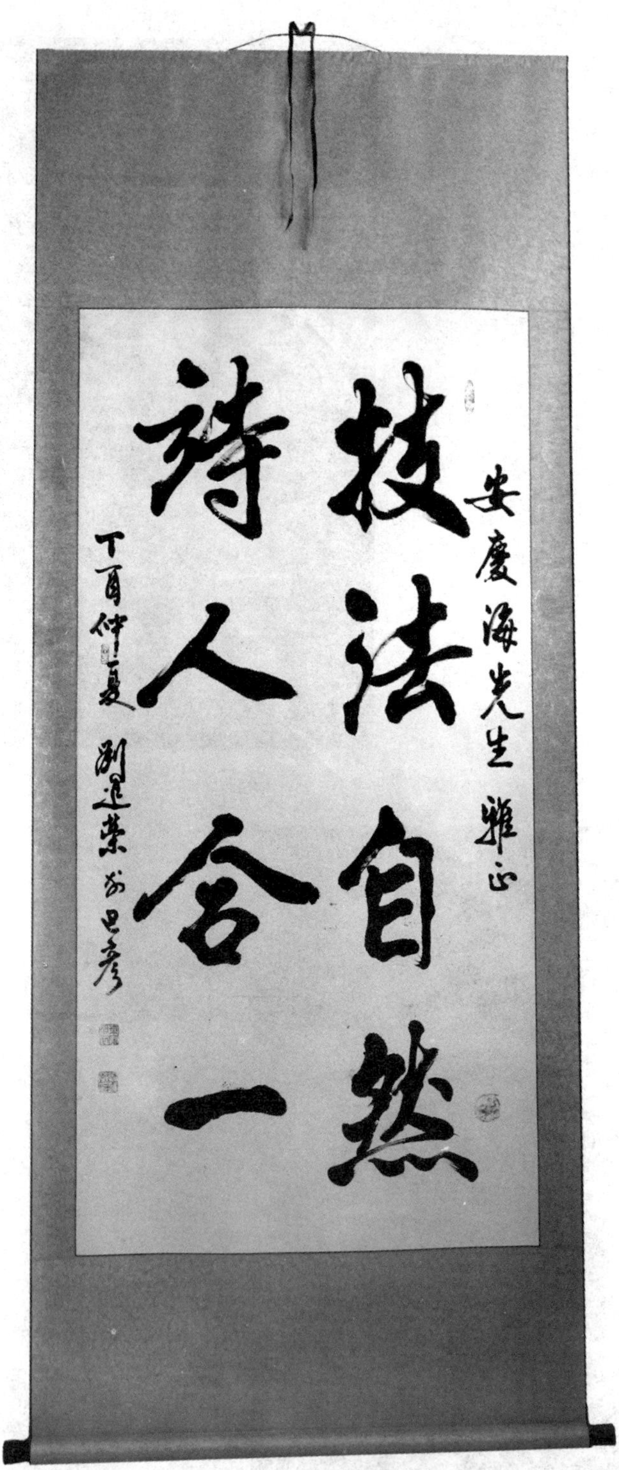

刘进荣书赠:技法自然　　诗人合一

强者心声的嬗变

——序安庆海先生《闲韵》

剽悍，壮硕，甚至是伟岸孔武！一条汉子，一位标准的东北大汉。初识时，他声音洪亮，脸膛粗糙红黑，笑声爽朗，谈吐无拘束，双脚踏地有声地一往无前……仔细再仔细地端详：这是一个粗人，一个办事可信、说话有准、可以托付、务实务本的人。离诗词大约得有十万八千里！因为诗词最忌讳憨实，最需要空灵和想象，他怕是先天不足。而且他自幼失恃，只念到初中毕业。毫无怨言地和妻子一起，赡养了老父亲，并把四个弟妹养大成人成家。他种过地、打过工，还进了工厂，凭能力又进入了机关，一直做到二轻局供销处的一把手。真是个强者，一个顶得住风、吃得下苦、无私无畏的强者。如此脚踏实地的人，肯定是一脑门子的正事，对诗词这个闲事，我一直怀疑他能否登堂入室。

仓廪实方知礼节，盛世中华民富国强，衣食住行的趣味追求似乎在一夜之间蔚然成风。其潮流之盛，与过去相比真可谓天上地下。中国的礼仪，大约发端于四书五经，五经之首是为《诗经》。于是风雅之所至，诗词就陡然膨胀，成为了时尚。读诗、吟诗、学诗的人便如过江之鲫，硬是塞得人群密不透风。好家伙，真的就“六亿神州尽舜尧”了。这么多的人要学作诗，急需要解惑传道，可是诗词早已经退出了中小学教育，连大学本科都不再必修诗词。于是鱼龙混杂、鱼目混珠就自然得再自然不过了。

但是，学习诗词还不是难于上青天，几年下来，庆海先生遂得堂奥，而且欣然入座，在诗坛留下了自己的名气。

术业有专攻，得悟诗词神韵

请您仔细体会一下五绝《游山》：“幽林生鸟道，苍岭挂飞云。一去荒途远，方知涧谷深。”再如《咏秋》：“八月石榴紫，霜山红叶稠。春芳虽不见，秋意也风流。”

一句“方知涧谷深”，既是实地实景的精准再现，又是诗人面对此情此景的思考和生发，也是引发读者联想到人生经历的感发和慨叹。走了一辈子的路，才知道人生如同涧谷一样深不见底。诗人多么巧妙地把人生的道路融入到诗中，其实诗就应该是这样的，就是要含蓄蕴藉、温柔敦厚，就是要运用形象思维，就是要用比兴，就是要言尽而意不尽，要言外有言，意外有意，境外有境！

《咏秋》中的“秋意也风流”更是个精彩的结句，把前几句叠加描画的栩栩如生的景物，一下子升华为诗人对人生的思考和追求，风流未必就在春夏。诗言志！诗中有我！作者对此有多么娴熟的驾驭和多么深刻的理解。这足以说明庆海先生不但对诗词有着执着的热爱，也有着深厚的功力。

客观地说，五绝是诗词中最难成诗的一种格式，貌似简单，实则很难写好。我学诗几十年，涉猎比较广，唯独五绝不甚了了，公开发表就更是寥寥。原因就是在区区二十字中，既要表达得含蓄蕴藉，又要有内涵、有真意，实难驾驭，久之就望而却步了。可是几年一过，庆海对五绝竟然如此驾轻就熟，使之有神有韵，有象有意，摆脱了时下平铺直叙、直白浅陋的技法，写出了耐品耐嚼、有滋有味的好诗。

刘勰在《文心雕龙》中言道："篇之彪炳，章无疵也；章之明靡，句无玷也；句之清英，字不妄也。"又说："缀字属篇，必须练择。"对照彦和先生的经典，我渐渐感觉到了为诗词的不容易！非下苦功焉能有好诗。

您慢慢地品读一下《冬柳》："不是当初柳，莺啼翠叶稠。朔风吹地冻，枯树望天忧。应晓寻常事，何须无谓愁。兴衰频转换，风雨复春秋。"还有《春游》："东风吹野绿，百草艳春时。坡上牛争角，溪边柳浣枝。青山生鸟道，碧水做鱼池。细浪随流去，微波动卵石。"整首诗不但字句无瑕无妄，而且缀字练择，就连律诗最为难以跨越、极需文字功底的对仗也是工整漂亮。更为重要的是，诗中蕴含着一种坚强地面对生活，不屈服于任何坎坷、波折的积极向上的精神。自古诗词多流派，每个人都有着各自的取舍和好恶，不同流派当然无所谓高低贵贱。但是假如一位赳赳武夫细声细气地"寻寻觅觅，冷冷清清，凄凄惨惨戚戚……"，任人见了都要厌恶，而且即便是在婉约中混上一辈子，也不会"戚戚"出个名堂。

因为诗缘情，诗言志，只有把自己的情志融入到诗中，方才能够自然地写出好诗词。诗词不是装出来的！假模假样地装，写出来的东西必然是又酸又臭，人人厌恶。能够把风骨和文采结合好才是修养、学养、功力，才有好诗。

“气之动物，物之感人，故摇荡性情，形诸舞咏”，其实钟嵘认为，春风春鸟，秋月秋蝉，夏云暑雨，冬月祈寒，是自然景物使人感动而写诗；楚臣出境，汉妾出宫，负戈外戍，寒客衣单，是社会环境使人产生写诗的激情。其实，这是在要求诗人在社会生活中、在感受自然中找到创作源泉和支点，写出真感情、真感受。

可是有的作品却是在掂量，权衡，观风向，看潮流，还有的则是借口对“真诗”、“纯诗”和艺术的追求，避开对个人灵魂的接触和拷问。一方面是概念化，庸俗化，一方面则是仿古泥古，食古不化。当今的一些“耆宿”，崇古泥古，诲人责众，以求延唐宋某家某派，自我标榜，甚至于文理欠通，语言可议。

看看下面的这几首诗：

《咏梅》：“凌风斗雪霜，傲骨自芬芳。即便娇枝谢，仍留不尽香。”

《雾凇》：“凌花枯木挂，白絮舞寒风。千岭着装素，一心求自清。”

《咏竹》：“步步生节劲，年年增志高。霜寒依旧翠，风雨不折腰。”

《深谷行》：“绝壁愁飞鸟，人行踏乱石。莺啼岩下树，牛饮脚边溪。云动山巅颤，烟游坡上移。不当深谷客，怎写岭间诗。”

《咏树桩》：“茁躯锯断莫悲伤，干在人间做栋梁。千古楼阁闻百世，舍身忘我自留芳。”

《咏燕》：“檐下栖身方寸间，取食风雨育雏难。春来秋去征南北，历尽艰辛年复年。”

《晚春》：“东风效力限时期，往日娇容已退枝。试问春归何处去，山高路远自知之。”

……

这部诗词集中，如此篇章比比皆是。

他在用自己的诗作证明着“功夫在诗外”的古训。一位诗人不简单地沉溺在平平仄仄，平水还是新声，失粘还是失对等等这些诗内的功夫，而是将其对人生的思考，对社会的认知，对价值的取向巧妙地寄入诗词之中，方能成就上得台面的诗词。诗内的功夫只是格式，诗外的功夫才是内涵，用现在的语文说法叫作主题，没有主题的东西就是没有灵魂，失去了灵魂，格式再如何完美，其实也就是一堆废话而已。

诗不可以无我，是诗的一个重要命题。实则，诗自象起！象乃世间万事万物，人生世界，经之历之，观之思之，有所感，有所得，有所构想，于是推敲锤炼而为诗。所以，诗是诗人有所感于物，而发生的人情思考的反应和宣泄。那么象以后就是意了，其有感有得有构想便是。

上面列举的每一首诗，都是作者观察客观事物，然后联想思考，再物化成诗的。这就是诗法，就是几千年之所以传

世的名家名篇的命脉！而那些如塔克拉玛干的沙子一样多的作品之所以被淘汰，就是因为失去了诗的命脉！

被历史，也就是时间承认了的才可以称之为精品、上品和神品，因为是它们传递了民族文化，记载了民族精神，种下了民族的根。敢问繁盛得无以复加的当今诗坛能有几人，几篇，几句传世？这恰恰是因为现在的诗作大多根本就不合诗法。有的无病呻吟，有的生吞活剥，有的装腔作势，有的应时应景……总之就是没有真情实感，没有形象思维，没有感悟生发，以自己所能，依照写文章的路数编凑诗词。庆海得入诗行，时日不多，却是得法得道，不落俗套。这是他刻苦钻研的回报，让他写出了拿得出手的作品来。更让我高兴的是他能专攻刘禹锡的流派，掌握他的风格，无论在语言的通俗性，转圜的流畅性，物象的生发性等等方面，都已经达到相当高的水平。

请您品味：

《牵牛花》："溪边荒径向阳开，乱草丛中任盛衰。不问红尘谁主宰，欣然乐道自开怀。"

《回家过年》："归心怨恨路途长，醒梦牵魂是故乡。四世同堂增喜色，儿孙共宴祝安康。千杯美酒春风醉，一盏清茶瑞雪香。华夏复兴催奋进，九州昌盛谱新章。"

《乘高铁》："电驱长轨快如风，离去回乡同路行。甘苦难明君自悟，一车共载各人生。"

《游梅岭》："不见闲居重意人，青山幽静岭回春。梅妻鹤子今何在，茅舍竹篱犹自存。"

仔细玩味，丝丝刘梦得的味道充斥在字里行间，着实是难能可贵。可能有好多诗人，一辈子也找不到归宿，如无头苍蝇般一会儿仿张，一会儿模李，一转身又靠上了王二麻子，如孙行者般变来变去。更有甚者，连流派风格尚且懵懂，根本不辨之无，说到底，就是没有找到定位。写不出好作品也就在意料之中了。

生境在积淀，受益于生活磨砺

每每与庆海交谈，无论是日常琐事还是家国大事，出自他口中的多为正面的，全面的，正能量的，积极的看法、观点和结论。和有些人张嘴就是什么时候涨工资，自己如何委屈，如何郁郁乎不得志，对某人如何如何有意见，就是根本的不一样。应该是他的经历太丰富了，所以无论说起改革开放中国富起来强起来的今天，还是中国人民站起来的昨天，他的语气中总是充满了自豪、夸赞、肯定和骄傲！至今我还没有听到他抱怨自己的工资，对别人说三道四。

什么样的人写什么样的诗，在庆海的笔下流淌的就是大气、大度、奋斗、争强。从以下的几首诗中可见端倪：

《霁后》："雨后天光赫，西山云雾开。路由行客去，飞鸟日边来。"

《暮年吟》："涕泪双花眼，残年气不争。纷纷枯叶落，何以怨秋风。"

《咏枫》："瑟瑟西风吹草黄，丹枫不畏染寒霜。红云一片

遮秋岭，敢比芳菲二月香。”

《秋图》：“归雁南飞秋水凉，千山萧瑟野菊香。笔尖横扫红枫叶，白纸犹沾昨夜霜。”

《霁后》的诗句描画了大雨之后的美景。首联用简单的十个字把雨后的大地再现得那么清新明丽，充满了生机与活力。阳光、云雾，让人似乎嗅到了空气的清香。话题一转，大路在远行客人的脚下向天边延伸，无尽无休，渐渐远去。呼叫着的飞鸟避过了大雨的袭击，相互召唤着在阳光下飞舞。诗中朝气满满，心思向上，毫无暮气，哪里像是年过花甲老人的笔触！《暮年吟》则是另外的一种自励。人到老年病痛在所难免，但是他却如同纷纷飘落的秋叶，并不埋怨，而是乘风飞舞。还有深秋枫叶，如同一片红云装扮着养育了它的山岭，自身感觉是二月的春花！这样的人是永远不老，永远无怨，永远不悔，永远向上的。《秋图》真是漂亮。归雁、秋水、群山、野菊、书斋、红枫、画稿、清霜……归雁的无怨无悔的辛劳，秋水的澄明清澈，群山的生气，野菊的倔强，书斋的灯光，红枫的艳丽，画稿也似乎在清霜中更加明亮传情。大千世界物象万千，什么样的修为选取什么样的景物，再用选取的物象来展现一己的心境。马致远的“古道西风瘦马”，毛泽东的“山舞银蛇，原驰蜡象”，李白的“床前明月光”……这样明显巨大的物象差异，直接形成了不同的诗风。这种不同来源于作者三观的不同，而不是差在平平仄仄等等诗内的功夫。谁能让林黛玉来一个“大江东去，浪淘尽，千古风流人物”，更不能设想一位整天只知道关心薪水多寡的人，能说出“人生自古谁无死，留取丹心照汗青”。什么人说什么话，什么思想写什么诗词。我眼中的庆海先生就是一位心中有家国大事，言谈中流露着公心正气的君子，所以他的诗词也饱含公心正气。

还有《溪水出山》《晚年吟》《惊春》等等。

还应该认真地说说庆海的语言风格。只需稍加品味就会明显地感到，整部诗集中少有僻字，更无自家拼凑的词语，读起来非常流畅传神。有些人偏偏以能用怪字、生僻字，甚至是曾经存在，但是早已经“死了”的字为追求，却自以为有学问；还有的自造些只有自家明白、他人费解的生拉硬拽而组成的词。这是毛病，不是成就。

诗的文法的基本要件，基本句式，基本逻辑，当然也必须符合行文的基本规矩，要人懂，要一读就能明白。说到骨头，就是要说“人话”！不能故作玄奥，更不能自造生奥偏僻的语词。有人执拗地强调自己明白，如果你不示于人前，只要你懂当然就完全可以了。一旦拿给他人，那就必须写出人人能懂的，必须是通常的字、词、句。更让人厌恶的是还有那么些人，以制造阅读障碍为“学问”！以为弄出几个别人不认识的字，便可以自鸣得意。这不是学问，是诗词的“瘤子”。您看“床前明月光……”该是多么浅显的文字，却因为其深邃的内涵而千古流传，被奉为神品。

还有，诗词要用形象来表达内涵和意境，不宜用概念化的语言，无谓的豪言壮语，标语口号，大话，空话！自我感觉的豪迈壮阔，其实是苍白无力而且毫无艺术感染力的。应

该说，庆海在这一点上很不错。

诗不喜说教。可是遍观当今诗作，大多以诗人自居的所谓诗家，多如教师爷般的“指导人”“训导人”。用政治术语、标语口号、成语、俗语，连篇累牍，叠床架屋，装模作样，煞有介事地编排诗词，让人生厌！并且煞有介事地宣称是与时代相结合，是与政治相联系，这纯粹是违背诗法的自以为是。让我们共同赏读毛泽东的诗词，他是一位伟大的无产阶级革命家、政治家，但是他的诗词是那么中规中矩，充分地应用比和兴的艺术表现手法，彻底摒弃了套话、大话，政治化的语言。比如《送瘟神二首》：“绿水青山枉自多，华佗无奈小虫何。千村薜苈人遗矢，万户萧疏鬼唱歌。坐地日行八万里，巡天遥看一千河。牛郎欲问瘟神事，一样悲欢逐逝波。”“春风杨柳万千条，六亿神州尽舜尧。红雨随心翻作浪，青山着意化为桥。天连五岭银锄落，地动三河铁臂摇。借问瘟君欲何往，纸船明烛照天烧。”把一个十分重大的历史事件，用诗的语言，诗的艺术手法，诗的比兴描画得丝丝入扣，字字传神，栩栩如生……把诗人的情感和事件的意义用形象而不是用概念，用比喻而不是用结论，用画面而不是用标语口号表达出来，十分贴切，十分通畅，十分精准，又十分形象。一代伟人心系国家、心系人民、心系天下的大情怀用形象表现了出来，而我们这些百姓却总想说说大话套话，搞得如同政治报告一般，让人无奈。

应时应景的节日诗，应付诗，不易写好。能够写出真情实感，写出形象画面，写出新意特色和诗味境界的，至今并不多见。经常见到的写重大题材、古今人物的诗词大多是堆砌一些空洞无物的豪言壮语、套话俗话，缺少诗味，毫无感人力量。毛泽东所发表的诗词之中没有“开国大典”“党代会”等等，因为他是行家里手，深知这种诗极难写好，还不如写一篇社论。真要写，除非掌握亲历的材料，有独特的冲动感悟，而且又找到了寄托感情的特殊载体，欲罢不能地喷薄而出，方能写出好诗。我们就是常人，不具备上述的条件，还是谨慎为好，实在要写，那就改成文章吧！

《南海行》：“琼岛原思静，洋流暗涌多。茫茫南海阔，无日不风波。”

《水道取扬州》：“六朝旧事锁金陵，看过秦淮改路程。三月扬州值可去，一江春水雨蒙蒙。”

《金陵得月台夜》：“今时明月旧时宫，得月台前万事空。明月依然着玉色，台前不亮六朝灯。”

《牌坊》：“百载牌坊颂古人，为官短暂义长存。仁德无语能传世，是爱钱权是爱民。”

《访石门》：“芳草萋萋足迹罕，农夫指路入荒山。只闻黄雀鸣荫柳，不见金驹卧洞天。遗落残局仍未解，长存奥妙待承研。古今多少迷离事，千载疑云人世间。”

《济公》：“西湖岸上塑金身，行善除邪警后人。褴褛遮身鞋帽破，无边趣事古延今。”

《同仁堂》：“真材实料信当先，得道源于民为天。号铺立足三百载，可同山水共千年。”

这些诗题应该是些较大的题目，但是诗人娓娓道来，毫

无深奥晦涩的感觉。更可贵的是很多诗中都蕴含着典故，而诗人没用一个相关词语，却依然把意境营造得十分耐品耐读。

元陆辅之在《词旨·词说七则》之中说：“用意贵远，用字贵便。造句贵新，练字贵响。”以上所列举的诗，就是暗合了此中规矩。比如《济公》，本是民间传说中的名人，机智超人，本性善良，是百姓理想的变相寄托，诗人用一句“无边趣事古延今”轻轻松松地就把一个人人崇拜的大形象描画了出来。

庆海先生出身贫苦农家，硬是用奋斗，成为了二轻局供销处的主任，经历之广，阅人之多，涉世之深，积淀之丰富，让人啧叹。更幸运的是，他把一生的积淀融入了诗词。在平常轻松的诗句里如同先贤刘禹锡的《竹枝词》一样，浅中见深，小中见大，近中见远，使愿景、哲理、情感不着痕迹地流淌在诗作的字里行间。

临顶恃恒心，闪烁着强者心声

“半壶浊酒兴情来，笑对离骚情入怀。笔钝才疏言不至，空思扰纸乱徘徊。”（《钝笔》）字句的表面是在述说学诗的艰苦，讲述自己的不济，内涵中却显现出坚持、求索、矢志不移的争胜精神。

庆海已经年过花甲，奔波劳碌了大半生，之所以一步步地走出了人生的辉煌，就是源于他不想输、不服输、不认输的强者血脉和性格。面对诗词，他依然如此，虽然像张飞学绣花一样有些强人所难，但是这位关东大汉，却是针针到位，线线入辙，有板有眼。人能掌握技能，除了有天资，还要有后天学习。刘翔出生时也绝不是跑步来的，如果没有跑的培训，他的天资一定会被掩盖掉，那就没有世界冠军的刘翔了。庆海先生粗犷的相貌之下，还有聪慧、感知能力强、善于观察的素质。学诗以来，这种适合于诗词创作的基本能力迅速地被唤醒、焕发，在短短的几年内就塑造了一位成功的诗人。

《初雪》：“一夜枝头雪，犹如鬓染霜。身置枯柳下，相看两沧桑。”

多么出色的好诗，“相看两沧桑”，真是神来之笔。整首诗充满了想象，堪称奇思妙想。四季之中，冬为岁尾，人生岁月，年近花甲是为晚年，用冬雪比较和对应晚年，贴切而又巧妙，是为奇思，树与人的相看两沧桑，无疑是神来的妙想。老树沧桑，因为它经历了百年的阴晴霜雪，风吹雨打，人老沧桑，有多少艰难坎坷，喜怒哀乐。但是树还在，人更在！屈服的是风雨阴晴，被战胜的是困难和坎坷。诗中没有概念，只有物象，形象思维的运用已经十分娴熟。

大处思考，小处破题；大处着眼，小处入手；以小见大，以微寓著。这才是诗词的要领，才是真功夫。毛泽东曾说：“诗要用形象思维，不能像散文那样直说，所以比、兴两法不能不用。”比如谢灵运“池塘生春草，园柳变鸣禽”，是写初春；刘禹锡“朱雀桥边野草花”“旧时王谢堂前燕”在写变迁；孟郊“慈母手中线，游子身上衣”写母爱也；辛弃疾“七八颗星天外，两三点雨山前”是写春夜；毛泽东“弹洞前

村壁”写现代战争，“马蹄声碎，喇叭声咽”在写行军。这还只是字面上的解释，其言外之言，意外之意，还有更大更多的内容在其中。还有人喜写伟人、名人，其实有好大之嫌！曾有人拿来一沓子写历史人物的诗词，笔者实在是无法提出修改意见，无奈之下问道，你知道曹操姓啥？他茫然，我默然……

《秋夜》：“极目望长空，清秋月色明。不知千里外，是否雨兼风。”

《荷塘》：“蜻蜓荷叶立，金鲤卧清池。同是莲塘客，高低各不一。”

《山行》：“脚下追山走，林边逐水流。石间生细浪，一去不回头。”

《咏竹》：“芳草缺刚性，经风吹易残。幽竹青不改，直劲向苍天。”

《冬柳》：“不是当初柳，莺啼翠叶稠。朔风吹地冻，枯树望天忧。应晓寻常事，何须无谓愁。兴衰频转换，风雨复春秋。”

干干净净，平平常常，却能引发思索，余味无穷，这不就是诗味吗？诗就是几十个字的文体，很快就能读完。但是读完之后，读者的思维并没有停下来，而是反复地追索诗人到底在说什么，在影射什么，真正要说的是什么？这种不断追索玩味的过程不就是所谓的“诗味”吗？如果只是罗列堆砌了一大堆概念、口号、政治术语，结果就是一目了然，一读就懂，那么就不需要回味和想象了，于是“诗味”就荡然无存了嘛！我时常说，诗三百，不过是薄薄的小册子，可是读起来却百看不厌，越读越厚，这就是诗的基本属性。很多诗之所以敢称好诗，就是因为具备这种基本属性，不具备这种属性的那就是文章了。

比如《秋夜》，在清秋的如水一般的月色下，诗人极目远眺，似乎要把秋夜望穿，终究目力有限，只好诘问千里以外也是如此晴朗，如此月圆吗？那里可能有他的亲人、朋友，他们也可能在月光下思乡赏月。这还是在写秋夜吗？是，也不是。正确地说应该不仅是写秋夜，也是在借秋夜而写自己的情，一种挂念、思念、期盼的情感。诗是用来抒发情志的，您仔细地品味一下《山行》，不就是在言志吗？一种一往无前永不言败，不达目的不回头的气概吗？其他的几首也都有着异曲同工之妙！写诗的人要先学会读诗、品诗，久读之后，得诗词之真谛，方才可以动笔。当今的我们这些人，多是隔着锅台上炕，根本没有读和品的过程，尚不知诗词为何物，就光腚撵狼地写了起来，不知诗法，只好按照我们已经驾轻就熟的写作文的套路一路写了下来，俗语说，熟读唐诗三百首，不会吟诗也会吟。斗胆地问一句，我们当今的诗家们几人读过唐诗三百首？更有几人熟读？不懂诗词就硬写，结果自然就是不伦不类。名字叫诗词，倒像是散文分行，押了个蹩脚的韵，就自鸣得意称为诗人了。司空表圣有言：“文之难而诗尤难，古今之喻多矣。愚以为以辨于味而后可以言诗也。”

庆海学诗，走的是一条笨路，从平平仄仄开始，亦步亦

趋，边读边写，一直走到了今天。王力先生的《诗词格律》、蘅塘退士的《唐诗三百首》、刘禹锡的《刘禹锡诗文选》等等诗词经典书籍不离身边。真是应了天道忌巧，天道忌二，天道忌惰，天道忌盈的古训，依着他干所有事的习惯，一头扎在了诗词里面，不离不弃始终如一，一干就是这么些年。扔掉了顺口溜的老套套，认认真真地背诵诗十六式、《笠翁对韵》，然后再亦步亦趋地尝试写诗。所以，他的作品较为规范，不但诗内的功夫过硬，诗外的功夫也确乎出众。一是源于他的世界观和价值取向，二是得益于他对诗法诗论的遵循和理解。比如：

《飞雪》："千山飞锦絮，大野裹丝绒。银岭连天际，铅云垒太空。河飘长带舞，树吼朔风鸣。远近成一色，浑然四海同。"

一个实际上很普通的诗题，在他的笔下写得很有意境。诗中引入了山、野、云、岭、天空、长河、林海、贯通天地的朔风，在物象的堆垒和宣泄之后，一句"浑然四海同"把整首诗的格调亮了出来，而且跃上了一个新的层次！大有"环球同此凉热"的寓意。诗人以一介平民的视角，面对铺天盖地的大雪，眼见耳闻的纷繁物象，并没有以雪言雪，没有简单地再现冰天雪地，而是思通四海，放眼天下，联想到世界的凉热！这就是意境，这就是比兴。

何为意境？"意"指作者主观世界的思想感情，"境"指作者所面对的人、事、景、物。诗人在客观现实中产生了主观意象，叫作"意中之境"，反映在作品中就是"意境"。比如古诗“路远喜行尽，家贫愁到时”，路远，家贫是境，喜、愁是意。

诗家有言，“诗有三境：一曰物境。欲为山水诗，则张泉石云峰之境，极丽绝秀者，神之于心，处身于境，视境于心，莹然掌中，然而用思，了然境象，故得形似。二曰情境。娱乐愁怨，皆张于意，然后驰思，深得其情。三曰意境。亦张之于意，而思之于心，则得其真矣”。

我们再次回头看看庆海先生的这首《飞雪》，再和上面的诗论相对照，可谓是一目了然了。

他的这种源于思考和人品而生成的意境，既是他一生在生活中奋斗的积淀，也是在学诗路上攀登求索的结晶。一生的奋斗，几十年的付出不断地澄清着心灵，为父母，为兄弟姐妹，为家庭，更为了工作，付出付出……。当退下来的时候，已经是年过花甲了。内心的洁净就如同这漫天飞舞、铺满大地的雪，他是多么希冀环球同此凉热啊！让每一片土地，每个人都是那么的洁净，澄明，欣欣向荣。在这里，他是用诗词，用诗的语言释放着一个强者的心声！这个嬗变让人感叹，也让人欣慰。

《秋晚送别》：“别君郊外紫云生，残日绝情沉晚亭。枯草伤心知落泪，露珠坠地碎无声。”

这样的诗作则是透着闲逸，折射着内心的平静和美好。

《九月赏菊》：千山落木好凄凉，唯有秋菊不惧霜。独守东篱情未改，甘同老朽度重阳。”

《别故人》：“又次别君依旧伤，时逢白露近寒霜。此行千

里山叠嶂，秋雨秋风秋水凉。”

《夜饮》：“竹窗望月影阑干，挚友擎杯言逝川。风雨无常天有道，人间百态理为先。”

这是在与生命竞争，是奋斗和不屈服的呼喊。

《鹦鹉》：“羽翠多姿展亮鲜，叽喳学语媚人前。只因巧嘴招身禁，口笨乌鸦天地宽。”

《夜读》：“柳枝摇曳扫纱窗，月影依稀静夜长。书案埋头听报晓，金鸡频唤早茶香。”

《农家秋色》：“风清云淡雁飞南，枫叶淋霜不厌寒。满院鸡鸭听犬吠，田园稻谷画丰年。”

他用自己的感官，把自然美再现在纸上，再现成一幅幅情景交融的图画。

《梅与雪》：“梅雪争春不让人，年年相遇斗芳芬。香高白下难分辨，费解谜猜古到今。”

《晚秋》：“寒露悄声落晚亭，昏鸦栖树嗓音轻。长空皓月犹如梦，白鬓残颜亦似风。浊酒常歌荣耀事，粗茶时想不堪情。人生自古谁无憾，几位能得载汗青。”

物境得形似，情境得其情，意境得其真！景语、情语、理语都有意境。晚年的恬静对于他并不是闲适，依然是在思考和探讨着人生与世界。

年及从心，庆海仍无老相，还是那么乐观豁达，那么思维敏捷，那么精神焕发。对外界事物的认识依然是客观、正面、积极的，言语之间充满着正能量。晚年的求诗路上还是那么样孜孜不倦，毫无怠惰，而且如同海绵吸水一样永不满足。真是强得让人心动，让人佩服，让人高看一眼。如同他在《求诗路》中所言：“笔耕数载理诗田，风雨春秋年复年。有叶无花终未果，高声催马坌扬鞭。”面对诗词，他还是警策自己“有叶无花终未果”，还要“高声催马坌扬鞭”！“百二秦关终属楚”，就同励志名联中的名句一样，他还在做一个有志者，还是敢于破釜沉舟！就像发生了化学变化一样，安庆海先生从一个生活中的强者，嬗变成一位诗坛的成功者。张飞绣出了苏绣，又是那么有板有眼，应该称道，更应该祝贺。

邋邋遢遢地絮叨了洋洋万言，似乎意犹未尽。从人说到生活，从生活说到了诗词，从诗词又回到了人。这序写得不得要领，可能被行家笑话。好在人离不开生活，生活离不开诗词，诗词从心灵深处陶冶人的性情。序就是为一本好书做个介绍，让读者事先知道个大概，做个简介和引导吧，别无他图。

是为序。

瘦　石

己亥端阳后三日于蚊矢斋

目录

第一部分【五言绝句】

山行（一） …… 3
山行（二） …… 3
山行（三） …… 3
快轨 …… 4
秋歌 …… 4
晚钓（一） …… 4
晚钓（二） …… 5
茶马古道（一） …… 5
茶马古道（二） …… 5
霁后（一） …… 6
霁后（二） …… 6
山村傍晚 …… 6
晚约 …… 7
游山（一） …… 7
游山（二） …… 7
游山（三） …… 8
游山（四） …… 8
游山（五） …… 8
归耕 …… 9
钱塘江观潮 …… 9
友宴感怀 …… 9
秋思（一） …… 10
秋思（二） …… 10
庭院飞雪 …… 10
盆菊 …… 11
开心一刻 …… 11
风（一） …… 11
风（二） …… 12
风（三） …… 12
捉雀 …… 12
上钩鱼 …… 13

江南无秋季 …………………… 13
晚行（一） …………………… 13
晚行（二） …………………… 14
晚行（三） …………………… 14
寒蝉 …………………………… 14
吟秋（一） …………………… 15
吟秋（二） …………………… 15
吟秋（三） …………………… 15
吟秋（四） …………………… 16
晨游荷塘 ……………………… 16
青竹 …………………………… 16
蝉（一） ……………………… 17
蝉（二） ……………………… 17
蝉（三） ……………………… 17
初雪 …………………………… 18
黄鹤楼别友 …………………… 18
路在脚下 ……………………… 18
登高望远 ……………………… 19
别友 …………………………… 19
春回（一） …………………… 19
春回（二） …………………… 20
咏菊（一） …………………… 20
咏菊（二） …………………… 20
咏菊（三） …………………… 21
坝上送君 ……………………… 21
渔家吟 ………………………… 21
阶下枯叶 ……………………… 22
秋榆 …………………………… 22
三峡晚行 ……………………… 22
牧女 …………………………… 23
采莲女（一） ………………… 23
采莲女（二） ………………… 23
迎客 …………………………… 24
秋蝉 …………………………… 24
中秋月 ………………………… 24
初夏 …………………………… 25
咏竹（一） …………………… 25
咏竹（二） …………………… 25
咏竹（三） …………………… 26
武侯祠 ………………………… 26
望山亡马 ……………………… 26
芦荡秋晚 ……………………… 27
采藕女 ………………………… 27
思庭树 ………………………… 27
迟到洛阳 ……………………… 28
贺教师节 ……………………… 28
落花吟 ………………………… 28
寻根 …………………………… 29

霜降 …………………… 29
秋荷 …………………… 29
南海行 …………………… 30
咏海岛 …………………… 30
闻友故 …………………… 30
洗衣机 …………………… 31
征雁 …………………… 31
寒秋 …………………… 31
望海（一） …………………… 32
望海（二） …………………… 32
荷塘秋晚 …………………… 32
思根 …………………… 33
独甲 …………………… 33
晓月照花 …………………… 33
春树 …………………… 34
吟赤壁 …………………… 34
池岸行 …………………… 34
春竹 …………………… 35
咏雁 …………………… 35
初春 …………………… 35
春深 …………………… 36
秋吟（一） …………………… 36
秋吟（二） …………………… 36
秋吟（三） …………………… 37
归乡路 …………………… 37
晚树 …………………… 37
秋夜（一） …………………… 38
秋夜（二） …………………… 38
百鸟吟 …………………… 38
南飞雁 …………………… 39
晨光 …………………… 39
咏秋 …………………… 39
秋晚 …………………… 40
傍晚（一） …………………… 40
傍晚（二） …………………… 40
晚笛 …………………… 41
春园 …………………… 41
莺柳 …………………… 41
昭君思 …………………… 42
咏萤 …………………… 42
吴淞口 …………………… 42
送友人 …………………… 43
重阳（一） …………………… 43
重阳（二） …………………… 43
暮年吟（一） …………………… 44
暮年吟（二） …………………… 44
春鹅 …………………… 44
中秋望月 …………………… 45

秋分 …… 45
月下 …… 45
春忙 …… 46
忆楚王 …… 46
三峡水道 …… 46
九日思 …… 47
春花 …… 47
残鸦 …… 47
乡愁 …… 48
秋行 …… 48
南行 …… 48
晚秋行 …… 49
拓荒人 …… 49
送别（一） …… 49
送别（二） …… 50
送别（三） …… 50
送别（四） …… 50
采山女 …… 51
城楼吟 …… 51
送子 …… 51
采山 …… 52
江村丽人 …… 52
高处不胜寒 …… 52
黄鹤楼远望 …… 53
春游 …… 53
春雨 …… 53
嘻钓 …… 54
春耕 …… 54
明月思 …… 54
咏猴年 …… 55
故乡情 …… 55
送友 …… 55
游春 …… 56
夏夜 …… 56
藏女巡山 …… 56
墩竹 …… 57
思乡（一） …… 57
思乡（二） …… 57
晨游 …… 58
晚别（一） …… 58
晚别（二） …… 58
游香山 …… 59
双榆 …… 59
春（一） …… 59
春（二） …… 60
黄莺 …… 60
晚江 …… 60
移树下山 …… 61

石榴花开 …………………… 61
候归人 …………………… 61
咏梅 …………………… 62
望溪赋 …………………… 62
夜舟 …………………… 62
山溪 …………………… 63
枯木残藤 …………………… 63
雾凇 …………………… 63
梨花 …………………… 64
游海南 …………………… 64
晨寺 …………………… 64
春山 …………………… 65
奄寺 …………………… 65
春尽 …………………… 65
晚春 …………………… 66
小溪 …………………… 66
山路悠悠 …………………… 66
秋雁 …………………… 67
九日会 …………………… 67
咏枫 …………………… 67
秋游三闾大夫庙 …………………… 68
黄金少年时 …………………… 68
孤杯 …………………… 68
静夜行 …………………… 69
装模 …………………… 69
雪 …………………… 69
鹦鹉 …………………… 70
小楼春风 …………………… 70
望飞雁 …………………… 70
秋 …………………… 71
浮云 …………………… 71
油画《金鸡》 …………………… 71
秋庭 …………………… 72
端午 …………………… 72
清明会友 …………………… 72
四月十五日 …………………… 73
钱 …………………… 73
耍猴 …………………… 73
高山紫薇 …………………… 74
垂钓 …………………… 74
湖岸行 …………………… 74
送故人 …………………… 75
九日情 …………………… 75
落日 …………………… 75
急归 …………………… 76
访友 …………………… 76
咏荷 …………………… 76
荷塘（一） …………………… 77

荷塘（二） …………………… 77
郊夜 …………………………… 77
对镜 …………………………… 78
望月思 ………………………… 78
秋江晚 ………………………… 78
老朽逢秋 ……………………… 79
问渡 …………………………… 79
天山天池 ……………………… 79
夜访 …………………………… 80
游天山 ………………………… 80
盼归人 ………………………… 80
秋夜思（一） ………………… 81
秋夜思（二） ………………… 81
恋春 …………………………… 81
咏水 …………………………… 82
思亲 …………………………… 82
归燕 …………………………… 82
莺鸣柳 ………………………… 83
春夜 …………………………… 83
中正官邸 ……………………… 83
冬行台湾 ……………………… 84
白露 …………………………… 84
归客 …………………………… 84
湖心亭夜饮 …………………… 85
高考 …………………………… 85
驿站 …………………………… 85
残寺（一） …………………… 86
残寺（二） …………………… 86
衰秋 …………………………… 86
江翁 …………………………… 87
晨瀑 …………………………… 87
临茶马古道感怀 ……………… 87
情缘 …………………………… 88
晚吟 …………………………… 88
无题 …………………………… 88
咏雪 …………………………… 89
留别 …………………………… 89
茶 ……………………………… 89
疾雪 …………………………… 90
早春（一） …………………… 90
早春（二） …………………… 90
咏春风 ………………………… 91
赏月 …………………………… 91
苏城诗萃 ……………………… 91
林鸟 …………………………… 92
江夜 …………………………… 92
玉龙山 ………………………… 92
残秋 …………………………… 93

武侯祠有感 …………………… 93
奇观 ………………………… 93
晓行 ………………………… 94
咏蚕 ………………………… 94
岸别 ………………………… 94
拓荒者 ……………………… 95
红旗渠 ……………………… 95
笔珠 ………………………… 95
骑车晚行 …………………… 96
孤帆追落日 ………………… 96
晚江翁 ……………………… 96

第二部分【七言绝句】

春雨（一） ………………… 99
春雨（二） ………………… 99
回故乡 ……………………… 99
游漓江（一） ……………… 100
游漓江（二） ……………… 100
游漓江（三） ……………… 100
爽秋 ………………………… 101
秋忙 ………………………… 101
老秤 ………………………… 101
晨曦（一） ………………… 102
晨曦（二） ………………… 102
望垂泉 ……………………… 102
咏枫（一） ………………… 103
咏枫（二） ………………… 103
大姑山　小姑山 …………… 103
大寒 ………………………… 104
咏菊（一） ………………… 104
咏菊（二） ………………… 104
钉子 ………………………… 105
田园傍晚 …………………… 105
春游金陵 …………………… 105
发小回乡 …………………… 106
送故人 ……………………… 106
门开故友来 ………………… 106
晨游东湖荷塘 ……………… 107
寒菊 ………………………… 107
游金陵 ……………………… 107
蒜薹 ………………………… 108
江城傍晚 …………………… 108
秋（一） …………………… 108
秋（二） …………………… 109
秋图 ………………………… 109
晚秋（一） ………………… 109
晚秋（二） ………………… 110
秋雨 ………………………… 110

枯叶 …………………… 110
九月赏菊 ……………… 111
秋草 …………………… 111
落花（一） …………… 111
落花（二） …………… 112
雁南飞（一） ………… 112
雁南飞（二） ………… 112
吟秋（一） …………… 113
吟秋（二） …………… 113
吟秋（三） …………… 113
秋晚送别 ……………… 114
离别 …………………… 114
深山行 ………………… 114
晚春（一） …………… 115
晚春（二） …………… 115
晚春（三） …………… 115
晚春（四） …………… 116
晚春（五） …………… 116
晚春（六） …………… 116
晚春（七） …………… 117
晚春（八） …………… 117
晚春（九） …………… 117
晚春（十） …………… 118
晚春（十一） ………… 118
晚春（十二） ………… 118
咏竹（一） …………… 119
咏竹（二） …………… 119
咏竹（三） …………… 119
咏鸦 …………………… 120
江村晚 ………………… 120
一夜花开 ……………… 120
春夜（一） …………… 121
春夜（二） …………… 121
春夜（三） …………… 121
春夜（四） …………… 122
春夜（五） …………… 122
观画 …………………… 122
寒秋（一） …………… 123
寒秋（二） …………… 123
寒秋（三） …………… 123
寒秋（四） …………… 124
秋蝉 …………………… 124
芦花荡（一） ………… 124
芦花荡（二） ………… 125
佛 ……………………… 125
咏春风 ………………… 125
昭君出塞 ……………… 126
咏春（一） …………… 126

咏春（二） …………… 126
咏春（三） …………… 127
归雁（一） …………… 127
归雁（二） …………… 127
归雁（三） …………… 128
插秧女（一） …………… 128
插秧女（二） …………… 128
插秧女（三） …………… 129
夜思 …………… 129
郊园春事 …………… 129
西湖晚春 …………… 130
树挂 …………… 130
三峡岸 …………… 130
竹溪别友 …………… 131
江南春早（一） …………… 131
江南春早（二） …………… 131
江南春早（三） …………… 132
禁渔期 …………… 132
江城春色 …………… 132
桃梨争春 …………… 133
转道姑苏 …………… 133
渔家女（一） …………… 133
渔家女（二） …………… 134
酒驾 …………… 134
晚游（一） …………… 134
晚游（二） …………… 135
学子路 …………… 135
梨园寄情 …………… 135
院中情 …………… 136
春庭（一） …………… 136
春庭（二） …………… 136
夏蝉 …………… 137
故交来访 …………… 137
红楼残梦 …………… 137
晓行 …………… 138
山 …………… 138
溪水出山 …………… 138
茅台精神 …………… 139
闻发小故 …………… 139
水中月 …………… 139
巾帼不让须眉 …………… 140
咏柳（一） …………… 140
咏柳（二） …………… 140
暮年吟（一） …………… 141
暮年吟（二） …………… 141
晚年吟 …………… 141
晚秋吟 …………… 142
银河泪 …………… 142

牧马少年 …………… 142
春游（一） …………… 143
春游（二） …………… 143
春游（三） …………… 143
春游（四） …………… 144
美职篮上海站森林狼战勇士 …………… 144
求诗路 …………… 144
屈子怨 …………… 145
古藤花开 …………… 145
探神农架 …………… 145
春捕 …………… 146
东湖秋晚 …………… 146
城楼望水 …………… 146
迎新春 …………… 147
游三峡 …………… 147
晚吟 …………… 147
海边行（一） …………… 148
海边行（二） …………… 148
早春（一） …………… 148
早春（二） …………… 149
登秦岭 …………… 149
访友（一） …………… 149
访友（二） …………… 150
山寺晚春 …………… 150
江城别友 …………… 150
秋思（一） …………… 151
秋思（二） …………… 151
秋思（三） …………… 151
秋吟（一） …………… 152
秋吟（二） …………… 152
岭前春早 …………… 152
秋别 …………… 153
夜柳 …………… 153
叹春 …………… 153
梨园春早 …………… 154
梅与雪（一） …………… 154
梅与雪（二） …………… 154
梅与雪（三） …………… 155
荷塘初艳 …………… 155
晚客 …………… 155
红杏疑心 …………… 156
秋枫与红杏 …………… 156
春雁 …………… 156
寒食节晚行 …………… 157
黄鹤楼感赋 …………… 157
秋雁（一） …………… 157
秋雁（二） …………… 158

秋雁（三） …………… 158
秋雁（四） …………… 158
秋雁（五） …………… 159
秋雁（六） …………… 159
江上闻歌 ……………… 159
水道取扬州 …………… 160
游船靓女 ……………… 160
汉江入长江口 ………… 160
江岸行 ………………… 161
扬州行 ………………… 161
渔夫 …………………… 161
溪边叟 ………………… 162
别故人 ………………… 162
游秦淮河（一） ……… 162
游秦淮河（二） ……… 163
对弈 …………………… 163
元宵月 ………………… 163
元宵夜 ………………… 164
顺其乐道 ……………… 164
行途遇友 ……………… 164
咏风 …………………… 165
乡愁 …………………… 165
识时 …………………… 165
钝笔 …………………… 166
咏树桩 ………………… 166
寒蝉 …………………… 166
秋柳 …………………… 167
惊春（一） …………… 167
惊春（二） …………… 167
金屋问计 ……………… 168
金陵得月台夜 ………… 168
咏茶女 ………………… 168
黄鹤楼秋 ……………… 169
武大春天 ……………… 169
落梨花 ………………… 169
晚庭 …………………… 170
枯木 …………………… 170
三月行 ………………… 170
秦岭春早 ……………… 171
柳笛 …………………… 171
垦荒人 ………………… 171
咏禾 …………………… 172
雨后晚山 ……………… 172
春晓（一） …………… 172
春晓（二） …………… 173
长城吟（一） ………… 173
长城吟（二） ………… 173
晨游（一） …………… 174

晨游（二） …………… 174
石林 ………………… 174
踏春 ………………… 175
夜行人 ……………… 175
古寺晨钟 …………… 175
夜捕 ………………… 176
春光 ………………… 176
梦 …………………… 176
日历 ………………… 177
归燕（一） …………… 177
归燕（二） …………… 177
牵牛花（一） ………… 178
牵牛花（二） ………… 178
牵牛花（三） ………… 178
别友人（一） ………… 179
别友人（二） ………… 179
别友人（三） ………… 179
春柳（一） …………… 180
春柳（二） …………… 180
月夜 ………………… 180
咏兰 ………………… 181
蝶畏梅 ……………… 181
赏菊 ………………… 181
乘高铁（一） ………… 182
乘高铁（二） ………… 182
江夜（一） …………… 182
江夜（二） …………… 183
江夜（三） …………… 183
秋翁 ………………… 183
莫愁 ………………… 184
渔家吟 ……………… 184
新生 ………………… 184
武当山春晚 ………… 185
秋游长江 …………… 185
咏荷 ………………… 185
远行人 ……………… 186
济公 ………………… 186
飞雪 ………………… 186
雾凇 ………………… 187
咏腊梅 ……………… 187
游武侯祠 …………… 187
望月 ………………… 188
背约 ………………… 188
荷塘 ………………… 188
雨后送归人 ………… 189
思亲 ………………… 189
送友赴甘肃 ………… 189
风吹雪 ……………… 190

同仁堂 …………………… 190
雪 ……………………… 190
深山游 …………………… 191
幽林 ……………………… 191
冬雪 ……………………… 191
秋游紫禁城 ……………… 192
黄鹤楼晚 ………………… 192
游道观 …………………… 192
后海银杏树 ……………… 193
广场春天（一） ………… 193
广场春天（二） ………… 193
秋山（一） ……………… 194
秋山（二） ……………… 194
秋山（三） ……………… 194
秋山（四） ……………… 195
紫薇花 …………………… 195
荷塘暮色 ………………… 195
牌坊 ……………………… 196
望星空（一） …………… 196
望星空（二） …………… 196
瓜园 ……………………… 197
晨雾游山 ………………… 197
雨夜会 …………………… 197
百里漓江 ………………… 198
桂林山水 ………………… 198
漓江人家 ………………… 198
村头柳 …………………… 199
求知 ……………………… 199
复桃园 …………………… 199
除夕 ……………………… 200
游峡谷 …………………… 200
蜂蝶 ……………………… 200
短桥春 …………………… 201
夜赏海棠 ………………… 201
山村傍晚 ………………… 201
鹦鹉 ……………………… 202
端午吟 …………………… 202
柳絮 ……………………… 202
夜舟 ……………………… 203
秋晚 ……………………… 203
浮云 ……………………… 203
春与柳 …………………… 204
咏燕 ……………………… 204
春燕探闺房 ……………… 204
回家 ……………………… 205
游山（一） ……………… 205
游山（二） ……………… 205
游山（三） ……………… 206

望路 …………………… 206
春忙（一） …………… 206
春忙（二） …………… 207
早梅 …………………… 207
梅雪 …………………… 207
盆花 …………………… 208
春归（一） …………… 208
春归（二） …………… 208
春归（三） …………… 209
咏三角梅 ……………… 209
春风与柳 ……………… 209
闻乡曲 ………………… 210
游西湖 ………………… 210
玫瑰邀月 ……………… 210
夜读 …………………… 211
老城新貌 ……………… 211
江南春事 ……………… 211
残春 …………………… 212
春欲尽 ………………… 212
春短 …………………… 212
秋寺 …………………… 213
牌楼 …………………… 213
溪边漫步 ……………… 213
春意迷人 ……………… 214
游江望山上寺院 ……… 214
蝶恋花 ………………… 214
游云 …………………… 215
农家秋色 ……………… 215
春图 …………………… 215
春园紧锁 ……………… 216
重阳雪 ………………… 216
荷叶晨露 ……………… 216
楼上望夕阳 …………… 217
雪中柳 ………………… 217
枯柳 …………………… 217
傲梅 …………………… 218
南阳行 ………………… 218
残秋 …………………… 218
冤杏 …………………… 219
春思（一） …………… 219
春思（二） …………… 219
秋夜思 ………………… 220
山乡夜色 ……………… 220
山庄 …………………… 220
风筝 …………………… 221
清秋 …………………… 221
山村夜色 ……………… 221
三月雪 ………………… 222

友宴 …………………… 222
咏线杆 ………………… 222
夜游黄浦江 …………… 223
松花江提水站 ………… 223
游梅岭 ………………… 223
夜钓 …………………… 224
吟楚秋 ………………… 224
夏夜闲叙 ……………… 224
春 ……………………… 225
长城秋晚 ……………… 225
春早（一） …………… 225
春早（二） …………… 236
紫薇 …………………… 226
三峡晚秋 ……………… 226
舟中夜叙 ……………… 227
游故宫 ………………… 227
68 届同学把酒话别 …… 227
秋过大小姑山 ………… 228
春游长城 ……………… 228
一株野花 ……………… 228
山庄春色 ……………… 229
游江 …………………… 229
晚别 …………………… 229
吟长城 ………………… 230
钱塘大潮 ……………… 230
咏雁 …………………… 230
游雁 …………………… 231
游状元笔景区 ………… 231
七月南方行 …………… 231
山城夜色 ……………… 232
日月 …………………… 232
畅游 …………………… 232
壶口瀑布 ……………… 233
南方行（一） ………… 233
南方行（二） ………… 233
九日会 ………………… 234
晚行（一） …………… 234
晚行（二） …………… 234
游人畅晚 ……………… 235
山寺桃花 ……………… 235
咏路灯 ………………… 235
秋歌 …………………… 236
洞庭湖秋夜 …………… 236
山溪 …………………… 236
落花时节 ……………… 237
采莲女 ………………… 237
乡恋 …………………… 237
枫与柳 ………………… 238

闲韵

七夕 …………………… 238
九日吟 ………………… 238
东湖磨山秋 …………… 239
空情 …………………… 239
西湖早春 ……………… 239
驿马山墓地 …………… 240
老榆 …………………… 240
重登黄鹤楼 …………… 240
江上游 ………………… 241
夜饮 …………………… 241
南海行 ………………… 241
风 ……………………… 242
夜行（一） …………… 242
夜行（二） …………… 242
中秋雨 ………………… 243
秋风吟 ………………… 243
桃花春燕 ……………… 243
山城江岸 ……………… 244
出游宿江南山村 ……… 244
武汉赠小女 …………… 244
山中 …………………… 245
夜渡 …………………… 245
游园 …………………… 245
林芝行 ………………… 246
冰花 …………………… 246
自乐 …………………… 246
山村恋 ………………… 247
天山一角 ……………… 247
双鹏争树 ……………… 247
郊夜 …………………… 248
晚约 …………………… 248
溪水梨花 ……………… 248
吟菊 …………………… 249
农家乐 ………………… 249
江南秋 ………………… 249
海岛别 ………………… 250
春游寒山寺夜 ………… 250
游长江（一） ………… 250
游长江（二） ………… 251
颂汉将军李广 ………… 251
江南行 ………………… 251
秋叶 …………………… 252
林海听松涛 …………… 252
渔舟 …………………… 252
雏驹慰牛 ……………… 253
观《雍正王朝》有感 … 253
游园不值 ……………… 253
送友人 ………………… 254

秋雪 ······················ 254
游小兴安岭 ················ 254
昭君图 ···················· 255
霜枫爱 ···················· 255
饮酒赏菊 ·················· 255
桃柳争春 ·················· 256
秋江畅晚 ·················· 256
山菊畅晚 ·················· 256
中秋 ······················ 257
深山花木 ·················· 257
晚年 ······················ 257
山村早景 ·················· 258
游山寺 ···················· 258
入夏 ······················ 258
谷雨 ······················ 259
舟夜 ······················ 259
城南战事 ·················· 259
枝头莺 ···················· 260
初夏 ······················ 260
候鸟识时 ·················· 260
春草 ······················ 261
望庐山瀑布 ················ 261
浮云流水 ·················· 261
来客 ······················ 262
汨罗江 ···················· 262
村头问路 ·················· 262
游园未见菊 ················ 263
节俭 ······················ 263
同学会 ···················· 263
今又重阳 ·················· 264
菊花 ······················ 264
白桦下山 ·················· 264
苏城文化公园 ·············· 265
圆月 ······················ 265
夜走池塘 ·················· 265
游小姑山 ·················· 266
登高远望 ·················· 266
牵情 ······················ 266
俭妇 ······················ 267
咏电塔 ···················· 267

第三部分【五言律诗】

夜进长春观 ················ 271
江上人 ···················· 271
沦落人 ···················· 271
望山思故园 ················ 272
深山晚吟 ·················· 272
秋夜思（一） ·············· 272

秋夜思（二） ………… 273
故园情 ………………… 273
拜庙 …………………… 273
晨游 …………………… 274
咏燕 …………………… 274
驿马山 ………………… 274
初春晚游 ……………… 275
山乡春晚 ……………… 275
农家春晚 ……………… 275
晚江归 ………………… 276
飞雪 …………………… 276
贪腐无宁 ……………… 276
春图 …………………… 277
冬柳 …………………… 277
苏城文化公园书法墙 … 277
颐和园长廊 …………… 278
蝉 ……………………… 278
春种 …………………… 278
二子情 ………………… 279
游三峡 ………………… 279
春游 …………………… 279
中秋思 ………………… 280
深谷行 ………………… 280
晨游东湖磨山 ………… 280
天路 …………………… 281
登晚峰 ………………… 281
海边行 ………………… 281

第四部分【七言律诗】

晚秋 …………………… 285
咏皇城 ………………… 285
习马会 ………………… 285
两弹一星飞天 ………… 286
赞华夏 ………………… 286
山庄酒馆 ……………… 286
过年 …………………… 287
回家过年 ……………… 287
岭后松 ………………… 287
荷塘捉迷 ……………… 288
元宵夜 ………………… 288
南水北调 ……………… 288
游步行街 ……………… 289
檐下情 ………………… 289
苏城文化公园 ………… 289
海岛落脚 ……………… 290
草原行 ………………… 290
草原美 ………………… 290
访石门 ………………… 291

江南行 …………………… 291
秋吟 …………………… 291
后记 …………………… 293

第一部分
五言绝句

山行（一）

晓露随风去，
披星戴月回。
往来多坎坷，
落脚乱石飞。

山行（二）

露浸草青青，
牛勤闲牧童。
清溪流水响，
深涧鸟时鸣。

山行（三）

脚下追山走，
林边逐水流。
石间生细浪，
一去不回头。

快 轨

一日征千里，
穿行两季风。
萋萋江汉草，
瑟瑟满边城。

秋 歌

枯叶打秋霜，
风吹白发长。
诗坛寻快乐，
飞笔度夕阳。

晚钓（一）

独钓江中月，
他乡岸上人。
西风吹落日，
细浪浣愁云。

晚钓（二）

残日秋江落，
天涯望水流。
孤竿空对月，
垂线钓乡愁。

茶马古道（一）

单骑游古道，
瘦骥负千斤。
茶浸辛酸泪，
路归风雪人。

茶马古道（二）

危崖悬古道，
瘦马伴征人。
来去徒千里，
斑斑血泪痕。

霁后（一）

雨后天光赫，
西山云雾开。
路由行客去，
飞鸟日边来。

霁后（二）

春山风雨后，
郁郁满松林。
日暮霞光好，
莺啼涧谷深。

山村傍晚

闲云着紫色，
朵朵木棉开。
风送残阳去，
山邀明月来。

晚　约

河边栖静夜，
月照柳成荫。
树下人轻语，
恐惊枝上禽。

游山（一）

幽林生鸟道，
苍岭挂飞云。
一去荒途远，
方知涧谷深。

游山（二）

寻春荒径远，
危岭树接天。
鸟叫林深处，
花开山水间。

游山（三）

阳坡先草绿，
阴岭晚苔青。
日月难周到，
时明时不明。

游山（四）

岭上林荫翠，
闲游觅险峰。
溪边寻渡口，
隔水问渔翁。

游山（五）

登山寻美景，
崎路使人愁。
不费千钧力，
安知危岭幽。

归　耕

日暮下西山，
耕牛勿用鞭。
胃肠饥辘辘，
顺道不折弯。

钱塘江观潮

阵前奔万马，
一线筑高墙。
八月钱塘水，
无风浪也狂。

友宴感怀

酒香尝往事，
茶涩品人生。
岁月无情去，
潇潇风雨中。

秋思（一）

风吹劲草黄，
八月桂花香。
眉锁心头事，
长空雁几行。

秋思（二）

飞雁随云去，
寻根眷恋多。
霜寒思静夜，
落叶满秋河。

庭院飞雪

梨花朵朵开，
片片九霄来。
非是春风客，
临时借贵宅。

盆　菊

总赶重阳日，
披霜戴露来。
不甘篱下客，
受宠上楼台。

开心一刻

三月烟花乱，
心随芳草开。
江边垂诱饵，
快乐钓出来。

风（一）

辛勤忙四季，
吹落又吹生。
不问功何在，
只求没骂名。

风（二）

大漠尘烟起，
黄沙万里行。
枕边别入耳，
入耳闹妖风。

风（三）

独行天地间，
日夜不休闲。
甘苦谁知晓，
生消梦自圆。

捉　雀

支起天罗网，
一捏诱饵粮。
专捉贪欲者，
不慎为食亡。

上钩鱼

清水无污染，
本该生命长。
不知识诱饵，
只顾瞬间香。

江南无秋季

八月似蒸笼，
蝉声日夜鸣。
秋风何处去，
不肯入江城。

晚行（一）

紫烟撩晚日，
山路度清风。
偷眼夕阳者，
心怀暮色情。

晚行（二）

清风吹暮岭，
月暗鸟无音。
时有山鸡叫，
悚声惊路人。

晚行（三）

高天一片月，
万里亦无云。
日暮行山道，
清风入晚林。

寒　蝉

风萧枯叶落，
空树不鸣蝉。
该是喧声灭，
无人信谎言。

吟秋（一）

日暮西风瑟，
秋山落木空。
几时霜染鬓，
竟在不知中。

吟秋（二）

秋山空瑟瑟，
归雁扯愁云。
枯叶随风去，
无边落木深。

吟秋（三）

归雁过秋峰，
霜枫满岭红。
远方书信至，
只道故人情。

吟秋（四）

平生无赫绩，
白发满残冠。
枯叶千山落，
霜飞秋水寒。

晨游荷塘

荷家多靓女，
有伞不遮荫。
啼笑含情泪，
心怀岸上人。

青　竹

雨后生春意，
节多枝叶繁。
栋梁轮不到，
岭上自悠闲。

蝉（一）

自恨绒装少，
身单不胜寒。
秋风逼我去，
相会待来年。

蝉（二）

七月天流火，
梧桐响噪蝉。
秋风还未到，
别在诉空冤。

蝉（三）

自嫁梧桐树，
声高爱火流。
痴心情兴起，
忘却苦寒秋。

初　雪

一夜枝头雪，
犹如鬓染霜。
身置枯柳下，
相看两沧桑。

黄鹤楼别友

江城风月好，
三镇绕千湖。
楼古难留客，
扬帆使日出。

路在脚下

崎途千里远，
险岭壁峰攀。
脚短长于路，
人低高过山。

登高望远

极目游天际，
风云过往多。
树摇根不动，
烟雨落秋河。

别　友

送君临暮岭，
明月照丹心。
草瑟虫无语，
西风吹故人。

春回（一）

昨夜屋檐下，
滴滴细雨声。
红尘情未了，
芳草笑春风。

春回（二）

虽是茫茫雪，
东风已送春。
一枝梅绽放，
足以定乾坤。

咏菊（一）

篱下数枝黄，
清贫只抹霜。
胭脂标价贵，
节俭过重阳。

咏菊（二）

露染数枝黄，
生来不惧霜。
静闻归雁去，
独自过重阳。

咏菊（三）

篱做伴身郎，
娇容霜代妆。
清馨含雅韵，
低调过重阳。

坝上送君

常恨离别苦，
三年送坝头。
长空孤雁叫，
哀韵满悲秋。

渔家吟

撒网天临晚，
桨开江水流。
孤帆摇落日，
风雨伴轻舟。

阶下枯叶

身经霜着雪，
受困卧冰台。
衰败心知底，
逢春君再来。

秋　榆

富贵瞬时间，
当初满树钱。
浮财时不见，
余下尽寒酸。

三峡晚行

飞车追落日，
宝马驾轻风。
雨后巫山秀，
虹云挂碧峰。

牧　女

清风吹绿草，

野旷马萧萧。

人俏歌声美，

芳心猜不着。

采莲女（一）

风吹莲子香，

佳丽下荷塘。

岸上罗敷女，

唇红不采桑。

采莲女（二）

弄桨驱舟去，

折花掩面羞。

塘深无处觅，

一路笑声流。

迎　客

喜鹊春庭叫，
红梅肆意开。
风吹晨雾去，
又送故人来。

秋　蝉

露重飞难进，
风多响且沉。
声高人不信，
有理走乾坤。

中 秋 月

圆月罩浮云，
寒宫设禁门。
婵娟无退路，
眉锁断肠人。

初　夏

小荷初试水，
已过柳烟飞。
紫燕追春晚，
东风去不回。

咏竹（一）

节劲依山立，
无心且有根。
乱石伏脚下，
风雪度终身。

咏竹（二）

步步生节劲，
年年增志高。
霜寒依旧翠，
风雨不折腰。

咏竹（三）

芳草缺刚性，
经风吹易残。
幽竹青不改，
直劲向苍天。

武侯祠

历历出师表，
悠悠丞相祠。
一心扶汉室，
无奈少天时。

望山亡马

登高疑岭近，
一马踏双山。
行却时难尽，
天涯咫尺间。

芦荡秋晚

晚风吹苇荡，
万顷玉花飞。
暮色争奇彩，
红白该赏谁。

采 藕 女

出生楚水边，
摇橹动湖烟。
心系塘沿客，
折藕丝却连。

思 庭 树

墙角连心树，
初春回不来。
红梅如有意，
待过岁寒开。

迟到洛阳

莫晓东风尽，
无功往洛城。
迟来春已去，
花谢牡丹亭。

贺教师节

好大一棵树，
盛开桃李花。
园丁滴汗水，
硕果满天涯。

落 花 吟

庭前一夜风，
窗外数枝空。
花落红颜去，
凝眉枉镜中。

寻　根

又梦乡间道，
风吹年事高。
尤思归故里，
霜打鬓毛焦。

霜　降

寒露连霜降，
秋深已近冬。
一时息万籁，
蓄力待春风。

秋　荷

败叶愁无助，
垂头背负天。
听风兼受雨，
暗自忆当年。

南海行

琼岛原思静，
洋流暗涌多。
茫茫南海阔，
无日不风波。

咏海岛

千山花绽放，
碧岛鸟和音。
人在春风里，
琼州日月新。

闻友故

情深易断肠，
短信送悲伤。
君是牵魂鬼，
风吹泪两行。

洗衣机

轮盘驱水动，
滚浪秽织清。
心垢涤难净，
三江洗不明。

征 雁

顺受秋风去，
迎逢春意来。
始终无主见，
南北乱徘徊。

寒 秋

枯叶千山落，
风吹秋水寒。
梧桐难自保，
无力护怜蝉。

望海（一）

何人掌巨船，
敢闯浪之巅。
满载新时代，
远航沧海边。

望海（二）

一望无穷水，
天低海鸟飞。
风帆乘夜去，
明月几时归。

荷塘秋晚

池边寻夜爽，
漫步度轻闲。
不忍回头看，
枯塘满目残。

思　根

一时行悍勇，
无道获天难。
垓下横长剑，
乌江不是原。

独　甲

观景游天下，
登峰兼过河。
桂林山水外，
可有甲一说。

晓月照花

晨风吹晓月，
初照五更花。
深锁园门里，
难得展翠华。

春　树

阴杈初生蕾，
阳枝已放花。
同春同润雨，
同树不同发。

吟 赤 壁

大江沉铁戟，
风雨历春秋。
试问东流水，
谁知千古愁。

池 岸 行

并蒂恋荷塘，
相依缘分长。
真情拆不散，
近水看鸳鸯。

春 竹

莺鸣依翠柳，
草绿赖春风。
没有相关意，
何来一片情。

咏 雁

清风吹落叶，
萧瑟满秋林。
飞雁南归去，
旧情心内存。

初 春

东风怜草绿，
翠柳恋鸣莺。
都是多情物，
谁知可到终。

春　深

檐下呢喃燕，
春深故里归。
无缘花落木，
又见絮纷飞。

秋吟（一）

长空归雁去，
游子又一秋。
利剑难隔水，
锋刀不断愁。

秋吟（二）

桂花清月下，
无事对菊闲。
上有南飞雁，
忙归湘水边。

秋吟（三）

萧瑟秋风至，
凄凄飞雁行。
不随孤客意，
几度废归程。

归乡路

快轨依然慢，
归心因太急。
乡情思不断，
田野鸟飞啼。

晚　树

日暮山增色，
林间七彩光。
归巢争夜鸟，
枝上闹夕阳。

秋夜（一）

游雁南飞去，
风吹月似钩。
他乡一夜梦，
归意锁清秋。

秋夜（二）

极目望长空，
清秋月色明。
不知千里外，
是否雨兼风。

百 鸟 吟

百鸟村头树，
叽喳各自吟。
多集天籁语，
寡聚少谐音。

南飞雁

西风吹落叶，
原路返归程。
水草潇湘好，
欣然下洞庭。

晨光

晓露缀荷塘，
晨曦水潋光。
池清花弄影，
复照苑楼墙。

咏秋

八月石榴紫，
霜山红叶稠。
春芳虽不见，
秋意也风流。

秋　晚

郊园生暮色，
明月碧空悬。
似为人约晚，
秋虫竟不言。

傍晚（一）

山影斜阳去，
蚊蠓出草窠。
嗡嗡胡乱叫，
是否在嚼舌？

傍晚（二）

残日西山落，
红云挂壁峰。
长空淹夜幕，
万籁悄无声。

晚　笛

静夜愁依柳，
忧笛吹怨声。
何人孤月下，
独自诉哀情。

春　园

芳草园中艳，
多姿知守规。
院墙高百尺，
单怕杏花飞。

莺　柳

我家庭院柳，
春至正发枝。
早有黄莺叫，
该来总不迟。

昭君思

边关封不住，
耿耿汉朝心。
大漠烽烟起，
荒原肠断人。

咏　萤

萤虫深夜明，
无意露峥嵘。
亮小光犹在，
知足常乐中。

吴淞口

滚滚一江水，
滔滔入海流。
明知无退路，
怎可自相投？

送友人

秋瑟贯长空，
霜飞夜幕中。
相揖隔涧水，
山路道别情。

重阳（一）

九九复重阳，
何时两鬓霜。
寒菊嘲笑我，
白色不及黄。

重阳（二）

春秋隔日短，
今又过重阳。
几度黄花艳，
憔痕生印堂。

暮年吟（一）

涕泪双花眼，
残年气不争。
纷纷枯叶落，
何以怨秋风。

暮年吟（二）

风劲山空瑟，
霜林落木稀。
须长银发短，
暗自恋青丝。

春　鹅

东风初化雨，
结伴下清河。
红掌拨春水，
铿锵引颈歌。

中秋望月

青空一片月，
牵动两乡情。
共饮相思意，
尽托杯酒中。

秋　分

秋分天欲寒，
五谷不生田。
春夏筋疲尽，
难得冬季闲。

月　下

月动移花影，
浮云降树荫。
轻声春柳下，
多是有情人。

春忙

莫道江春早，
炊烟绕五更。
农家无懒叟，
小子问春耕。

忆楚王

人贵一张脸，
枝焉不顾皮。
后人思项羽，
含恨壮江西。

三峡水道

江开峭岭分，
绝壁鸟惊心。
远看猿飞树，
山深不见人。

九日思

又望南飞雁，
归鸿尚有心。
菊花空对酒，
千里断肠人。

春　花

春来桃杏红，
闲客费舌评。
开落凭风雨，
辱荣闻不惊。

残　鸦

平地自悲鸣，
羽折环树行。
枝头雏鸟叫，
上下甚关情。

乡　愁

异乡怜久客，
一夜梦归家。
尽是儿时景，
摸鱼罗雀鸦。

秋　行

巡山追落日，
喜获艳霜枫。
秋色无虚幻，
春烟逊几成？

南　行

江南千里沃，
树色与天接。
一路云时月，
楼台烟雨多。

晚秋行

明月空山照，
乡园万里遥。
箫声哀楚曲，
孤客望云霄。

拓荒人

茅屋孤夜静，
磷火闪荒原。
无有长耕意，
难成千顷田。

送别（一）

和谐进站来，
欲去手难开。
长啸笛声远，
清风吹月台。

送别（二）

紫燕知相告，
呢喃远去人。
清风随万里，
山路谷幽深。

送别（三）

相见机缘少，
离别悲意多。
霜寒飞雁去，
凝目望秋河。

送别（四）

目送人离去，
青山结伴行。
君心留不住，
海角有前程。

采山女

花香频报信，
蕨菜岭初新。
穿谷行山道，
彩巾三五人。

城楼吟

人闲登晚楼，
望月数春秋。
几缕清风至，
吹衰霜鬓头。

送子

高铁南国去，
车轮速若飞。
人行千里外，
几岁子得归。

采　山

山村秋雨后，
野菜遍丛林。
姑嫂梳妆早，
鲜蘑诱丽人。

江村丽人

清溪潜浣女，
近岸看鱼游。
啼笑声击浪，
欢欣顺水流。

高处不胜寒

登高巅有险，
奔岭带艰难。
刻意求极限，
应思上下安。

黄鹤楼远望

楼高极目远，
望断大江流。
虽是巅峰处，
依然不见头。

春　游

林密莺声脆，
芳菲艳满山。
几家幽岭下，
临近小溪安。

春　雨

夜来风雨声，
柔细扣窗棂。
晓看庭前树，
新桃透蕾红。

嘻　钓

近水溪流浅，
垂钩不用船。
明丝衔诱饵，
要命嘴别馋。

春　耕

耕犁追落日，
春燕垄间飞。
忙种山村晚，
人同暮色归。

明 月 思

日暮登高处，
乡关望故园。
悠悠明月照，
万里起飞烟。

咏猴年

开泰三羊去，
金猴送瑞来。
不单擒猛虎，
捎带动蝇拍。

故乡情

一夜乡园梦，
醒来鸡作声。
犹思葱卷饼，
依旧恋山东。

送友

千里同明月，
别君蜀道行。
秋风吹落叶，
愁绪满江城。

游　春

即兴游郊外，
山深曲径狭。
无人说绿草，
只道路边花。

夏　夜

七月无清静，
螟虫喧乱声。
评说谁命短，
忘却起秋风。

藏女巡山

飞马深山去，
巾帼不艳妆。
疾风吹雪岭，
明月照边疆。

墩竹

高低拥济济，
先后等同粗。
树下难为树，
竹中好做竹。

思乡（一）

故园千里外，
独自忆乡愁。
更尽一杯酒，
壶空难解忧。

思乡（二）

西风吹暮色，
钩月挂寒窗。
移步楼台上，
抬头望远方。

晨　游

芳草栖清露，
娇颜滴泪珠。
因何悲切切，
灼日欲东出。

晚别（一）

高空孤雁去，
行远路途难。
明月无牵挂，
悠悠云后闲。

晚别（二）

月下燕山客，
风萧月夜急。
浮云相伴去，
代我到京西。

游香山

秋风知吾意，
随我入皇城。
玉露及时降，
霜枫昨夜红。

双榆

村头一对榆，
百岁并肩齐。
相伴无言语，
终身爱不移。

春（一）

桃花墙内落，
墙外杏花开。
同在春风里，
因何有盛衰？

春（二）

溪水流春意，
春潮涨满城。
深山迷远客，
垂柳醉东风。

黄　莺

年年随柳绿，
不问百花开。
一旦春风至，
应时君自来。

晚　江

烟波江上起，
落日伴孤舟。
千古悠悠事，
潇潇顺水流。

移树下山

本是山中客，
强为园上宾。
因难服水土，
木瘦见枯痕。

石榴花开

五月赏石榴，
花开结紫稠。
只知花好看，
谁想果丰收。

候 归 人

闻儿归故里，
灯下候归人。
喜笑含情泪，
倾听窗外音。

咏　梅

凌风斗雪霜，
傲骨自芬芳。
即便娇枝谢，
仍留不尽香。

望溪赋

溪长人寿短，
流水泻时光。
不敢着明镜，
难堪两鬓霜。

夜　舟

清风袭静夜，
明月落船舱。
水动波浮影，
菱荷一味香。

山　溪

生来竞自由，
顺势定其流。
随遇安身处，
何须强掉头。

枯木残藤

枯木绕残藤，
寒秋枉奋争。
荣华如再现，
只好待春风。

雾　凇

凌花枯木挂，
白絮舞寒风。
千岭着装素，
一心求自清。

梨　花

梨园花正好，
千树沐春晖。
一阵狂风过，
焉能不乱飞。

游海南

倚峰独望月，
相对两孤单。
都是云中客，
何须论北南。

晨　寺

深涧鸣山鹊，
烟飞晓雾浓。
隐约危岭上，
孤寺锁云峰。

春　山

春笛吹牧曲，
溪水映芳红。
山路行人远，
林深闻鸟鸣。

奄　寺

山青奄寺冷，
林密上孤烟。
独院无邻里，
人间此处寒。

春　尽

芳菲时渐尽，
杨柳断烟花。
庭院蜂蝶少，
谁知去哪家？

晚　春

何处飘飞絮，
原于杨柳梢。
春归情未了，
近水看荷苞。

小　溪

流水石间跳，
长驱天下行。
出山无反顾，
一去大江东。

山路悠悠

曲径莺声脆，
林深溪水清。
崎途山道远，
止步望危峰。

秋　雁

风吹枯叶落，
鸿雁又南飞。
难忍秋萧瑟，
临时寻路回。

九 日 会

日暮赴农家，
残颜伴晚霞。
重阳逢故友，
美酒就菊花。

咏　枫

红叶燃秋岭，
寒风刺骨凉。
林间芳草尽，
独自亮铿锵。

秋游三闾大夫庙

汨罗江水长，
哀怨满潇湘。
雁叫秋萧瑟，
悲歌吼断肠。

黄金少年时

回望人生短，
黄金年少时。
青春无是事，
老大悔之迟。

孤　杯

中秋独自饮，
冷酒对青天。
千里忧心客，
擎杯望月圆。

静夜行

林间明月动，
树影半遮阴。
曲径清风爽，
紧随行夜人。

装 模

谁人不晓春，
头上捂棉巾。
身驾裘皮袄，
光华空有心。

雪

疾风吹六瓣，
潇洒降人间。
尽灭山川垢，
洁白一片天。

鹦　鹉

受宠知人意，
因乖囚入笼。
常思出困境，
无力自求生。

小楼春风

新苞沉梦醒，
谁把彩蝶惊。
红杏墙头望，
深闺出妙龄。

望飞雁

江夏春来早，
多情雁北飞。
谁知孤客意，
日夜暗思归。

秋

千山枯叶落，
大地待更新。
熬过严冬雪，
可知谁姓春。

浮　云

南北行天下，
东西不定身。
依风随处去，
常恨自没根。

油画《金鸡》

羽艳神情傲，
挺胸颈更高。
天明闻不叫，
纸破未脱毛。

秋　庭

桂花八月艳，
九月看菊黄。
都聚前庭里，
不知谁更香。

端　午

游客行郊外，
踏青寻艾香。
家家忙粽子，
谁记汨罗江。

清明会友

寒食家限火，
老窖就何尝。
门口熟食店，
情深冷酒香。

四月十五日

春深红杏落，
墙上看空枝。
圆月明十五，
兴衰总有时。

钱

远看一张纸，
近观涂彩泥。
取之应有道，
不要太痴迷。

耍　猴

挥起铜锣棒，
杆头上下翻。
人闲囊入币，
受累不关钱。

高山紫薇

危岭接明月，
清风吹紫薇。
花香熏静夜，
又向素娥飞。

垂　钓

天朗人心悦，
携竿向港湾。
非求鱼入宴，
随意钓悠闲。

湖岸行

枝头双鸟逸，
湖水对舟闲。
岸上孤行客，
离家已数年。

送故人

秋山枯叶落，
孤雁赶愁云。
目送君行远，
萧萧风入林。

九日情

年年逢此日，
廊下艳菊开。
妇有灵犀意，
差人送酒来。

落日

落日依山近，
夕霞岭后藏。
残阳虽未了，
能有几时长。

急　归

远去离乡久，
归心思故园。
秋风先入室，
代我报平安。

访　友

晓露江村往，
田园鸣子规。
鸟栖杯酒罢，
月伴醉人归。

咏　荷

污泥育美容，
自断与浊情。
靓丽娇身净，
露珠滴更清。

荷塘（一）

出水娇容艳，
风吹粉朵香。
群蜂争采蜜，
不晓为谁忙。

荷塘（二）

蜻蜓荷叶立，
金鲤卧清池。
同是莲塘客，
高低各不一。

郊　夜

西山吞暮日，
钩月挂枝头。
树下人约晚，
银河天上流。

对 镜

明镜含白发，
何时鬓染霜。
人生虽苦短，
思绪满悠长。

望 月 思

独坐屋檐下，
忧思远去人。
虫鸣清夜里，
明月照浮云。

秋 江 晚

斜阳西照岭，
顺意染丹枫。
使桨千山动，
孤帆遥浪中。

老朽逢秋

昏花滋泪眼，
拔顶发疏灰。
日落西风起，
千山枯叶飞。

问　渡

漓江山水秀，
千里赴风尘。
船渡知何处，
躬身问路人。

天山天池

远山白冠顶，
近水半坡生。
王母松间坐，
梳妆明镜中。

夜　访

明月秋江照，
天高无片云。
驱舟临北岸，
风送晚行人。

游天山

天山四月寒，
花木时无艳。
一望岭头白，
人愁春色晚。

盼归人

游人千里外，
岁末本当归。
空对菱花镜，
愁眉柳叶垂。

秋夜思（一）

花影摇秋意，
东山月挂天。
行人千里外，
是否正衣单。

秋夜思（二）

蝉声疏静夜，
月影扫梧桐。
遥望出生地，
秋风送雁行。

恋　春

一朝春事了，
难免带心灰。
花落年年事，
何须意不随。

咏　水

大义滋天下，
包容纳五洲。
杯中皆可度，
低调小溪流。

思　亲

十岁客江城，
空中独自行。
虽然千里远，
姥姥最关情。

归　燕

春来秋又去，
寄宿陋屋檐。
南北情牵挂，
衔着思念还。

莺鸣柳

黄莺登翠柳，
高树又鸣春。
只看枝头绿，
不思根系深。

春　夜

浮云移月影，
静夜乱徘徊。
近岸微风起，
芳馨隔水来。

中正官邸

别墅依山静，
园中奇木多。
如今无户主，
岁月似长河。

冬行台湾

飞雪落兴安，
骄阳灼海湾。
日行千里远，
冰火两重天。

白　露

秋叶滴白露，
枯禾似上妆。
三番接五次，
且看漫天霜。

归　客

风雨迎归客，
残云片片飞。
不知一路苦，
人伴笑声回。

湖心亭夜饮

桨碎湖中月，
鲢鱼近水飞。
霓虹杯酒烁，
人醉不知归。

高　考

三日通天道，
前程定此时。
寒窗十载苦，
学子最心知。

驿　站

驿马快如风，
扬鞭过少陵。
朝廷千里远，
飞雪夜兼程。

残寺（一）

空岭清风起，
残阳照瑟秋。
草苔遮古径，
踪迹少人留。

残寺（二）

残墙说旧事，
荒草没空门。
陋观无香客，
谁怜道士心。

衰　秋

霜寒枯叶落，
秋草断虫音。
举目昏花眼，
额头数道纹。

江　翁

清风吹细浪，
波影映童颜。
鹤发江边立，
从容弄钓弦。

晨　瀑

万丈清泉泻，
紫烟随雾升。
青山留不住，
一去大江东。

临茶马古道感怀

西风吹古道，
羸马印蹄痕。
岁月长河里，
当年苦难深。

情 缘

会友常思旧，
杯中浊酒甜。
粗茶情入碗，
饮尽半生缘。

晚 吟

落日姗姗去，
余晖不久留。
都说霞彩好，
夜幕使人愁。

无 题

登山山有险，
涉水水无边。
天下云云事，
何曾都犯难。

咏　雪

来时不作声，
满世落晶莹。
隐退春风里，
甘滋万物生。

留　别

离别留赠品，
旧笔送知音。
即便寻常物，
平生一片心。

茶

高山云雾里，
一梦到清明。
交际三江水，
驰名天下行。

疾　雪

羽片纷纷落，
风吹乱似烟。
一时天地暗，
灰色满人间。

早春（一）

春风去又来，
带雨落苍苔。
已见黄莺到，
晨鸣垂柳宅。

早春（二）

已晓春姑到，
无须送信来。
窗前多耳目，
几树艳梅开。

咏春风

桃李争娇色，
梨花枝探墙。
春风甘效力，
只要九州香。

赏　月

十五人邀月，
嫦娥款款来。
只因无子女，
玉兔不离怀。

苏城诗萃

纸寿长千载，
诗刊日月新。
骚人留笔墨，
与此共年轮。

林　鸟

黄莺鸣翠柳，
山鹊暮枝吟。
来去无拘束，
悠闲入晚林。

江　夜

云追江上月，
月在水中流。
流水千程远，
远征无尽头。

玉 龙 山

一山分四季，
上下不同天。
云扫千峰雪，
风吹翠草蓝。

残　秋

落木风萧瑟，
山空枯叶多。
怜蝉闻不语，
白发映秋河。

武侯祠有感

一心扶汉室，
无力转乾坤。
可叹逢庸主，
托孤枉费神。

奇　观

冰挂透晶莹，
娇梅展俏容。
红白相斗艳，
携手笑春风。

晓　行

千峰升紫雾，
旭日岭头出。
烟满山间道，
晨衣滚露珠。

咏　蚕

饮露食青叶，
生丝万尺长。
与人织锦缎，
自己少衣裳。

岸　别

渔火随风动，
君行乘夜舟。
只身东渡去，
一望水悠悠。

拓荒者

初春静夜寒，
萤火伴愁眠。
荒草三千倾，
心诚出沃原。

红旗渠

长河流碧水，
百里贯岩通。
神话出于此，
人工怎可能。

笔　珠

小小圆珠粒，
常思大器成。
连皮都算上，
能碾几颗钉。

骑车晚行

单车驰暮色，
日落鸟归林。
都道夕阳好，
黄昏不等人。

孤帆追落日

烟波生暮色，
弄桨赶夕阳。
紧慢同相远，
无关流水长。

晚 江 翁

轻舟追落日，
暮色笼人间。
水上翁随意，
操纲网晚年。

第二部分
七言绝句

春雨（一）

细雨微风杨柳新，
长街漫步路无尘。
人生苦短征途远，
不畏艰难皆是春。

春雨（二）

桃花正艳雾蒙蒙，
一夜尽闻滴雨声。
滴雨无情花落去，
最怜花落是东风。

回 故 乡

溪水桥边野草花，
顽童嬉戏弄青蛙。
眼前小子难相认，
笑问贤翁去哪家。

游漓江（一）

清晨登渡江飞霭，
紫燕追风迷障开。
两岸青山遮不住，
突云破雾始出来。

游漓江（二）

青山围系青丝带，
绿水直插绿凤钗。
两岸奇峰无尽数，
千般梦幻浪中来。

游漓江（三）

岭秀江清映晚霞，
山冲近岸有人家。
婵娟弄桨舟犁浪，
远看船中雾里花。

爽　秋

鸿雁知时飞转南，
红枫似火映秋山。
夕阳道上溜情哨，
忘却霜花满鬓残。

秋　忙

金珠粒粒笑丰年，
人起五更急入田。
妇叟归来着暮色，
山村只有桂花闲。

老　秤

头高头揿找公平，
前后频移数众星。
手稳心诚眸问量，
一根独木挑中庸。

晨曦（一）

鸡鸣信步上楼台，
人早千家门户开。
花影相随明月去，
柳荫静等太阳来。

晨曦（二）

柳绿莺啼曦映楼，
一枝红杏上墙头。
不知多少痴情客，
踏破晨光旧地游。

望垂泉

山泉垂幕云相倚，
涧水涓涓作小溪。
跳跃石间摇摆去，
前程漫漫路崎岖。

咏枫（一）

瑟瑟西风吹草黄，
丹枫不畏染寒霜。
红云一片遮秋岭，
敢比芳菲二月香。

咏枫（二）

云淡天蓝飞雁高，
秋风落叶岭萧条。
青山颓废无芳草，
唯有霜枫独自骄。

大姑山　小姑山

大姑和善小姑贤，
江北江南居水边。
相对无言从不往，
波中倩影总关联。

大　寒

温寒始末冷为终，
春雨惊春重启程。
花落花开花有序，
轮回日月演苍生。

咏菊（一）

西风落木草枯黄，
凄楚无边我自香。
不是桂花跟地紧，
清秋独艳霸芬芳。

咏菊（二）

秋寒不请如期至，
多少娇枝一夜空。
唯有骄菊存傲骨，
披霜戴露抖威风。

钉　子

重锤之下显神威，
入木生根头未回。
此去无期难自退，
锤君管送不管归。

田园傍晚

螟蛾群起招飞燕，
一片蛙声闹稻田。
日暮归耕人向往，
小桥流水话丰年。

春游金陵

烟雨飞花闹盛春，
秦淮两岸柳成荫。
黄莺树上啼声乱，
未醒前朝六代君。

发小回乡

泪眼相迎老态生，
陈年旧事不绝声。
童心互撞无眠意，
圆月唯独今夜明。

送故人

送别曲径过秋山，
牵手依依撒手难。
日暮西风吹落叶，
云飞雁去水犹寒。

门开故友来

应怜红杏落春宅，
墙矮风高夜入来。
欲扫庭前花漫径，
院门恰似为君开。

晨游东湖荷塘

百亩方池画卷铺，
描红泼绿秀清湖。
风吹伞叶牵荷动，
水下花间看日出。

寒　菊

一品淡黄独自开，
丹枫斗艳带霜来。
不思红叶争高下，
闲卧东篱看草衰。

游金陵

细雨沙沙百草开，
莺声飞落过秦淮。
醉人非是陈年酒，
三月春风扑面来。

蒜 薹

春来破土应时栽，
奋力徒争终做薹。
久梦奇思成大器，
天生不是栋梁材。

江城傍晚

清风勾月戏枇杷，
飞鸟寻巢落晚霞。
任性修竹青不改，
窗前痴守玉兰花。

秋（一）

八月霜枫着彩装，
果实累累透清香。
谁人还记春风好，
甘为金秋做嫁妆？

秋（二）

天高云淡雁南行，
满地金黄霜叶红。
只道秋山说五彩，
无人有语谢春风。

秋　图

归雁南飞秋水凉，
千山萧瑟野菊香。
笔尖横扫红枫叶，
白纸犹沾昨夜霜。

晚秋（一）

昨夜风清霜满天，
秋山五彩现斑斓。
夕阳道上霞光好，
叶落归根人暮年。

晚秋（二）

西风随意落秋山，
枯叶纷飞满岭寒。
只有丹枫独作秀，
着霜粉露自嫣然。

秋　雨

细雨滴滴弹户外，
犹如檐下抚琴台。
风吹积雨琴弦断，
误认知音造访来。

枯　叶

秋叶春花同树生，
充当陪衬共东风。
一朝坠地无人问，
谁记当初枝上青。

九月赏菊

千山落木好凄凉，
唯有秋菊不惧霜。
独守东篱情未改，
甘同老朽度重阳。

秋　草

离离原上又失荣，
枯草垂头闻劲风。
有意卧薪尝苦胆，
春情蠕动再萌生。

落花（一）

春尽如秋花怠枝，
飘零凄楚泛忧思。
可怜红粉空悲切，
翠柳枝头莺照啼。

落花（二）

雪映红梅坡上稠，
千山安逸野云悠。
微风荡起花飞落，
急去因何不等秋？

雁南飞（一）

何故匆匆急转南，
边城萧瑟劲风寒。
潇湘水暖沙明处，
草绿苔青唤我还。

雁南飞（二）

天高云淡冷风吹，
塞外霜寒秋雁归。
苦口菊花留不住，
春来秋去两乡飞。

吟秋（一）

草瑟霜寒溪水凉，
虫声哀泣莫悲伤。
西风吹落残秋叶，
是为来春脱旧装。

吟秋（二）

怜蝉音断落梧桐，
阵阵清风洗院空。
室内孤闻秋瑟瑟，
盈眸钩月照寒亭。

吟秋（三）

寒霜入夜草枯黄，
冷雨无情侵众芳。
是否秋风偏袒意，
暗捧香桂雅登堂。

秋晚送别

别君郊外紫云生，
残日绝情沉晚亭。
枯草伤心知落泪，
露珠坠地碎无声。

离　别

相对无言频举杯，
京城路远起边陲。
白云有意随君去，
流水无情头未回。

深山行

茅舍深山四五家，
牵牛淘气越篱笆。
可怜此处行人少，
闲坏溪边野草花。

晚春（一）

日暮炊烟伴晚霞，
紫光万道落千家。
春深芳草失娇色，
无序轻风戏柳花。

晚春（二）

庭院春深看坠阳，
东风无力过宅墙。
落花失宠飞蝶去，
暮色怡人景不长。

晚春（三）

日近西山光暗淡，
春深百草退荣华。
徐娘风韵虽犹在，
飞燕依然恨落花。

晚春（四）

莺声断续柳枝垂。
落絮如烟天映灰。
春尽东风何处去，
郊园过往看花飞。

晚春（五）

春到残时春不佳，
彩蝶负义去他家。
桃梨不再争娇艳，
添乱轻风吹柳花。

晚春（六）

片片花飞伤尽春，
桃园内外觅无人。
因何不见当初客，
都是烟云过往君。

晚春（七）

东风将去恨难留，
散尽芳菲人莫愁。
推叶摇茎谁作浪？
小荷拨水探尖头。

晚春（八）

春尽庭前赏紫薇，
桃花谢尽杏花飞。
翠竹窗下常为客，
不改青荫永伴随。

晚春（九）

清溪石上唱波声，
柳絮飞烟舞乱空。
一去春风留不住，
落花逐水水流东。

晚春（十）

东风催我步晨曦，
深柳莺声隐若离。
落絮浮沾行客迹，
溪边脚下印春泥。

晚春（十一）

东风效力限时期，
往日娇容已退枝。
试问春归何处去，
山高路远自知之。

晚春（十二）

夕阳临末献风华，
五彩腾空送晚霞。
最是薄情溪岸柳，
随风日夜乱飞花。

咏竹（一）

半山寺外劲节生，
清静悠闲听诵经。
不是空心无事是，
虔诚致志仿修行。

咏竹（二）

根深节劲耐霜寒，
雨后发飙欲破天。
不问红尘烦乱事，
空心倒也自知安。

咏竹（三）

三月江南绿映红，
烟花飞落荡春风。
劲节总是情难改，
一世青青始至终。

咏　鸦

粗巢漏雨又兼风，
甘愿春秋寒暑中。
不效寄人檐下燕，
笑迎苦乐度平生。

江 村 晚

隔溪唤桨问闲船，
野渡孤舟已落帆。
岸上谁家迎晚客，
柴门幼犬吠炊烟。

一夜花开

春风总是不空来，
随口吹得娇杏开。
醋意桃花争粉艳，
通宵打扮霸妆台。

春夜（一）

昏鸦栖树悄无声，
行客游离夜幕中。
红杏不知人去尽，
墙头依旧自多情。

春夜（二）

纱灯倩影夜窗留，
暗柳拂墙枝探头。
月下风清花不睡，
庭前偷眼望闺楼。

春夜（三）

丝绦拂面人行晚，
栖夜黄莺依柳眠。
月上枝头花落地，
轻风摇树影栏杆。

春夜（四）

飞蛾临晚闹纱窗，
明月东升树影墙。
摇曳春枝拂夜梦，
花眠风动送清香。

春夜（五）

春色怡人恨夜长，
清风入室送芳香。
月移牵动纱窗影，
庭院栏杆倚海棠。

观　画

紫燕飞飞鸟入林，
山泉瀑布响溪音。
丹青泼墨着诗意，
工笔出精画有魂。

寒秋（一）

秋叶忧思枝落尽，
霜枫笑脸泛红云。
西风无有偏颇意，
苦乐哀愁君自寻。

寒秋（二）

凄风苦雨竞寒秋，
飞雁悠闲享自由。
劲草疾风争上下，
精疲力尽几时休。

寒秋（三）

芳草凋零虫不鸣，
寒霜总是爱秋枫。
西山落木萧萧下，
自败因何怨瑟风。

寒秋（四）

常言寒露伤秋色，
霜打枯枝满岭空。
万事难平非即是，
枫林恰在此时红。

秋　蝉

一扫秋风树欲空，
寒蝉无助忍飞声。
来年如有阳春日，
再与梧桐圆旧情。

芦花荡（一）

万顷芦花作雪飞，
无边白絮耀银辉。
随风飘逸萧萧去，
浪迹天涯唤不回。

芦花荡（二）

洁白似雪随风荡，
千顷芦花万里香。
浩瀚无边云雾里，
烟波逐浪野茫茫。

佛

大肚宽宏容四海，
虔诚普度众生灵。
与人为善心无我，
清净六根尘世空。

咏春风

一树寒梅迎雪来，
春风暗助两花开。
红白各自得其所，
会做人情也是才。

昭君出塞

回望三秦出玉门，
黄沙漫漫路沉沉。
边关何日狼烟尽，
莫使婵娟做泪人。

咏春（一）

二月微风揉柳梢，
黄莺初落唤新巢。
青山带露飞烟雨，
万紫千红谁最娇？

咏春（二）

烟花三月草成茵，
柳绿莺啼万象新。
苦短人生风采日，
但非三月是青春。

咏春（三）

溪水融冰转换频，
柳荫遮岸又一春。
桃开李谢重来去，
常做东风沦落魂。

归雁（一）

秋色凄凉原路飞，
天寒地冷洞庭归。
边关再度风光好，
不信来年召不回。

归雁（二）

草绿苔青湖水明，
不知消受北疆行。
秋风萧瑟吹寒露，
悔恨当初离洞庭。

归雁（三）

洞庭柳绿草争芳，
秋去春来行路长。
虽是江南风月好，
边关毕竟有家乡。

插秧女（一）

秋丰源自春挥汗。
香鬓滴珠脚裹泥。
日暮田园生紫雾，
蛙声一片稻行齐。

插秧女（二）

素装赤脚背灼天，
纤手衔禾绣水田。
香汗滴干秧满地，
方知退步是行前。

插秧女（三）

娇容滋汗抹泥浆，
赤脚躬身插稻秧。
打造丰年农事紧，
夕阳西下影还忙。

夜　思

月上西窗影上墙，
黄鹂不叫柳安详。
东风入夜吹春梦，
佳丽痴心去远方。

郊园春事

再度春风过小溪，
夭桃岸上鹊登枝。
去年此处芙蓉面，
不见今年红锦衣。

西湖晚春

飞谢群芳春树空，
末班烟柳借东风。
游人散去着白絮，
岸上悠然踏落红。

树 挂

银花飞落压枝头，
琼贯春亭霜满楼。
冰刻晶雕书玉卷，
仙台锦绣梦中游。

三 峡 岸

江边村落少人居，
十里山弯足迹稀。
好在渔家知敬业，
轻舟靠岸有肥鱼。

竹溪别友

幽林溪水绿随流，
流水悠悠无尽头。
多看青竹一眼秀，
不知何处忆乡愁。

江南春早（一）

急性春身藏不住，
墙头已见杏花红。
仁君若赏东风面，
请到江南烟雨中。

江南春早（二）

东风游弋过秦淮，
一树梅花迎雪来。
绿色萌生芽蠕动，
柳枝轻摆荡楼台。

江南春早（三）

雨过莺啼看秀山，
盛开芳草意悠然。
江南三月花天下，
柳绿烟飞胜岭南。

禁 渔 期

三峡湖阔风掀浪，
空水无舟禁网时。
不见飞猿啼两岸，
朝辞白帝怎成诗。

江城春色

红杏寻来卧晓枝，
樱花撰写校园诗。
残黄迟退漆清水，
新绿急来染碧池。

桃梨争春

三月花开艳满山，
桃枝梨朵尽嫣然。
紫如彩锦白如雪，
一片春园两样天。

转道姑苏

辞退江城四月初，
烟花飞雨下姑苏。
寒山寺外寻渔火，
无有霜天不见乌。

渔家女（一）

暮日追舟紫浪流，
何人江上展歌喉。
渔家小妹收渔网，
影过山弯水掉头。

渔家女（二）

搏浪撑舟日日辛，
江风吹发摆丝巾。
早出归晚求生计，
明月东升照丽人。

酒　驾

饮君酒后尽发飙，
踏断油门速不高。
深谷没铺油柏路，
为何到此走一遭。

晚游（一）

溪边漫步踏青苔，
芳草无边情入怀。
暮色嫣然天赠送，
清风明月自投来。

晚游（二）

西山落日姗姗去，
东岭银盘款款来。
来去常新天不老，
催人日月鬓花白。

学子路

十载寒窗初试第，
亦深亦浅比风流。
百家门类学如海，
万里行舟未有头。

梨园寄情

吹落梨花似雪飘，
春风寄走意迢迢。
情酣一夜香甜梦，
人在他乡思故交。

院中情

芙蓉一朵艳楼台，
狗尾满庭蝶不来。
同是芳菲情各异，
是孬是好自明白。

春庭（一）

细雨轻风问旧宅，
老檐又见燕飞来。
紫花绿叶墙头过，
一树石榴两院开。

春庭（二）

庭前芳草闹春宅，
红杏含羞墙角开。
都是东风闲不住，
桃花带雨进门来。

夏　蝉

高喧非是乱飞声，
面对苍天鸣不平。
勿让寒秋称霸道，
凋花凌木我难生。

故交来访

故友临门造空闲，
手离经典盛唐篇。
酒旗神力招杯客，
不做诗仙做醉仙。

红楼残梦

久盛终归一日衰，
只因气数断楼台。
红罗帐内空织锦，
深院门闲人不来。

晓　行

晨曦无雨径湿鞋，
峻岭朦胧雾影叠。
不见林深华羽鸟，
遥闻幽韵脆声绝。

山

大小高低等不齐，
日出日落看东西。
三皇五帝谁常在，
山上飞云山下溪。

溪水出山

水泻烟飞涧落川，
出山流过两岩间。
山门外有千番景，
一去无边天地宽。

茅台精神

一纸轻衣掩内香，
货真不是过包装。
甘醇浓郁行天下，
日月同辉万古长。

闻发小故

消磨岁月度平生，
人事无常时半情。
唯有庭前摇曳柳，
年年与我共春风。

水 中 月

清江明月碧波中，
江水无根明月生。
细目竹罗捞不起，
船头抬手尽皆空。

巾帼不让须眉

英姿妩媚姹乾坤，
步健身威雄壮音。
不信随眸仪仗队，
石榴裙摆示军魂。

咏柳（一）

莺啼柳翠摆枝条，
摇曳拂尘一树高。
莫道春风无利刃，
巧裁细叶奉天朝。

咏柳（二）

烟花飞落笼金陵，
三月枝条秀翠青。
不问六朝衰盛事，
秦淮两岸摆春风。

暮年吟（一）

离位悠哉闲事集，
门前足迹未疏稀。
才人去后无诗句，
旧友寻来情满席。

暮年吟（二）

木瘦山空消碧秋，
西风生瑟使人愁。
残颜落日江河下，
不尽忧思赴水流。

晚 年 吟

六旬提笔混诗坛，
暗送时光候九泉。
无事邀朋杯对酒，
人生最是晚年安。

晚 秋 吟

凭借清风追晚鸦，
蹬车自顾日西斜。
丹枫染岭撩人醉，
小院花黄醉到家。

银 河 泪

苦等七夕会鹊桥，
情深更着小儿娇。
葡萄架下闻私语，
难舍难分意似胶。

牧马少年

春草青青没马蹄，
少年孤胆策轻骑。
荒原浪迹追风雨，
遇水提缰越小溪。

春游（一）

寻春涉岸渡溪桥，
枯草抽芽柳润梢。
都是东风多惹事，
粉桃孕朵杏怀苞。

春游（二）

草径初深脚面埋，
春风摇柳唤莺来。
彩蝶漫步花间蕊，
时落时飞倒快哉。

春游（三）

东风拂面又识春，
姹紫嫣红万象新。
流水不知何处去，
落花可有转回心？

春游（四）

一树寒梅脱粉装，
海棠接替扮红妆。
花开花落花常在，
可叹白头两鬓霜。

美职篮上海站森林狼战勇士

上海篮筐真好用，
三分出手不行空。
天才库里玩潇洒，
浪漫投球酷意生。

求 诗 路

笔耕数载理诗田，
风雨春秋年复年。
有叶无花终未果，
高声催马垄扬鞭。

屈 子 怨

汨罗哀怨满江流，
流向洞庭一路愁。
愁贯潇湘无际恨，
恨声迷漫楚天秋。

古藤花开

古木争荣展臂长，
盘根错蔓上高墙。
老藤不负春庭意，
一树花开满院香。

探神农架

绿笋红芳迎坎径，
神农架处隐神农。
林深谷静幽鸣远，
总有猿啼三两声。

春 捕

开江弄桨鲤鱼肥，
触目惊纲网下垂。
苦乐人生风浪里，
渔灯照月带星归。

东湖秋晚

湖光秋色赶清波，
倩影随舟天意和。
明月追来驱不走，
船头船尾暗星多。

城楼望水

城楼一望水涟漪，
伞叶初开蕾斗奇。
六月荷塘情未了，
春风不见朵依依。

迎新春

剪纸沾窗裱对联，
新衣逗笑小童颜。
虽然不见山川绿，
已是春风去旧年。

游三峡

云雨巴山连楚境，
两厢展显万重峰。
刀劈石壁急流畅，
西去东来蜀道通。

晚吟

晚树归鸦栖夜窝，
一时安静似相和。
烟云交错残阳落，
谁晓明朝风雨多。

海边行（一）

前波未尽后波生，
逐浪推波永不停。
沧海何时能淡定，
但求尘世有安宁。

海边行（二）

头波二浪接三浪，
前浪难及后浪长。
难怪头波推怠动，
先登沙岸早消亡。

早春（一）

寒风未退暖风急，
塞上梅花正适时。
残雪无神身渐瘦，
溪边细柳试腰肢。

早春（二）

一树寒梅雪岭开，
满山不见异芳来。
春风倘若知偏爱，
带给人间福是灾？

登秦岭

秦皇不在永三秦，
一统春秋合又分。
楚汉相争谁霸业，
山河依旧换新君。

访友（一）

晓露单车浦水边，
春忙无意误农田。
清风带雨天留客，
醉卧江村半日闲。

访友（二）

轻舟靠岸夕阳尽，
登陆寻无代步车。
泥径曲曲游向北，
江村河畔柳枝多。

山寺晚春

竹门柳院柏森森，
古寺钟声响暮春。
山下桃花时落尽，
桃花山上正迷人。

江城别友

送君入蜀逆帆行，
千里烟波求顺风。
鹦鹉洲青连碧浪，
故人西去水流东。

秋思（一）

江城落脚人初定，
北望边陲时念家。
总是归心常搅动，
中秋圆月对菊花。

秋思（二）

几度青黄人欲归，
心乘枯叶寄风飞。
巴山蜀水情难断，
昨夜酣香梦里回。

秋思（三）

枯草凄风含露悲，
中秋月满雁南飞。
野禽有意潇湘去，
望断残云人未归。

秋吟（一）

枯叶飘飞消翠华，
寒霜侵木落千家。
秋风尚有怜香意，
八月庭前送桂花。

秋吟（二）

雨打芭蕉秋水滴，
滴声沥沥意凄凄。
西风吹雨滴声断，
无限乡愁万缕丝。

岭前春早

春意只掌半壁山，
前坡气暖后坡寒。
岭后不见花枝艳，
二月东风偏岭前。

秋　别

一去江南有几程?
孤身随雁伴云行。
霜寒水冷茫茫路,
千里荒原吹瑟风。

夜　柳

明月东升西照影,
初来明月柳荫长。
风吹暗柳枝条动,
轻摆无声扫夜窗。

叹　春

春尽缘深情未了,
瞬间离去太匆匆。
姑苏城外梨花雨,
吹落东风一树空。

梨园春早

梨园春色斗芳菲，
喜鹊枝头唱晓辉。
人醉晨曦蜂醉朵，
微风吹过雪纷飞。

梅与雪（一）

你花开过我才开，
总是春风伴我来。
我与春风情不断，
君同春意偶徘徊。

梅与雪（二）

有梅无雪春情淡，
有雪无梅春断魂。
雪映红梅花更俏，
红白和睦笑同春。

梅与雪（三）

梅雪争春不让人，
年年相遇斗芳芬。
香高白下难分辨，
费解谜猜古到今。

荷塘初艳

姑苏城外雨潇潇，
六月荷塘水弄潮。
淘气小蛙登伞叶，
近台蹲守看荷苞。

晚　客

挚友时常扣暮门，
谈天对酒醉深深。
不知今夜张王李，
横顺排行第几人。

红杏疑心

东风朗朗吟春意，
红杏隔墙胡乱疑。
是否说奴长道短，
心虚总觉有人讥。

秋枫与红杏

始末春秋红两端，
霜枫红杏各其间。
霜枫未被说长短，
红杏常挨人道闲。

春　雁

粉桃初艳柳垂青，
碧水轻舟送雁行。
苦口洞庭留不住，
一心塞外会东风。

寒食节晚行

霞光如画照苏城，
脚踏夕阳郊外行。
柳翠莺啼春满树，
手牵风月过清明。

黄鹤楼感赋

黄鹤楼前忆旧缘，
大江东去浪接天。
诗仙尽望孤舟远，
此处愁别孟浩然。

秋雁（一）

西风瑟瑟过秋河，
山后山前枯叶多。
飞雁声声寻故里，
暑来寒往路如何。

秋雁（二）

远征千里飞南北，
掌控天机时适归。
不是西风强送客，
洞庭水草正鲜肥。

秋雁（三）

西风强劲落寒霜，
枯叶纷飞秋水凉。
鸿雁求生择地去，
平白谁愿奔他乡。

秋雁（四）

菊花刚好水初寒，
飞雁高声展翅南。
看似无思随性事，
洞庭定有意相牵。

秋雁（五）

一望荒原满目秋，
雁声凄楚使云愁。
天寒地瑟南飞去，
还盼春风吹绿洲。

秋雁（六）

一字排云上碧霄，
重归旧路觅逍遥。
时节变换先明了，
该北该南不用教。

江上闻歌

轻舟碧浪映幽林，
江上渔歌处处闻。
绿水沉浮波弄影，
千峰倒挂扯白云。

水道取扬州

六朝旧事锁金陵，
看过秦淮改路程。
三月扬州值可去，
一江春水雨蒙蒙。

游船靓女

风雨追舟碾浪急，
忽闻江上起羌笛。
那人伞下船头立，
俏鬓迎风几绺丝。

汉江入长江口

汉江至此路归终，
改姓长江随向东。
千里奔波流入海，
谁知末了也没名。

江岸行

近岸渔家修网忙，
一只孤雁落高樯。
烟波江上听春橹，
紫燕飞来影映双。

扬州行

下榻扬州百鸟吟，
飞花如雨闹春深。
久闻烟柳江南好，
一样东风别样新。

渔　夫

一宿风舟渔不顺，
空离江岸向江村。
路边小店愁沽酒，
夜里应归江上人。

溪边叟

春风又渡江南岸，
柳绿莺啼红满山。
白发袭头人妒艳，
溪边坐看水流潺。

别故人

又次别君依旧伤，
时逢白露近寒霜。
此行千里山叠嶂，
秋雨秋风秋水凉。

游秦淮河（一）

秦淮流水六朝悠，
烟柳飞花从未休。
两岸青楼说旧事，
歌声不唱后庭幽。

游秦淮河（二）

小桥流水映白墙，
两岸愁痕刻古廊。
舞女歌声何处去，
秦淮不再诉忧伤。

对　弈

幽竹茅舍小溪流，
涉水沙明不用舟。
近岸棋盘争二叟，
残局难料对白头。

元 宵 月

灯高夺目树生花，
明月无人去顾暇。
同是相交十五日，
中秋元月落千差。

元宵夜

灯上云霄光闭月，
烟花引路觅嫦娥。
牛郎挑担追织女，
不夜长空凄苦多。

顺其乐道

各有所需求不同，
春风安可艳秋枫。
少年难解残颜意，
一片诚心错付情。

行途遇友

烟柳莺啼二月红，
江城做客与君同。
花开不是常留处，
问道青山改路程。

咏　风

伴随日月走西东，
奋力吹得万物生。
甘做公仆心尽瘁，
清风两袖不图名。

乡　愁

八月江南闻桂香，
林幽竹翠宴琼浆。
清风明月难留客，
梦呓依然吐故乡。

识　时

该做当为别误工，
时机把控莫强行。
春风能使千山绿，
秋雨无关草木青。

钝　笔

半壶浊酒兴情来，
笑对离骚情入怀。
笔钝才疏言不至，
空思扰纸乱徘徊。

咏树桩

茁躯锯断莫悲伤，
干在人间做栋梁。
千古楼阁闻百世，
舍身忘我自留芳。

寒　蝉

非是无能不作声，
梧桐遭难恨西风。
可怜秋叶纷纷落，
同命相连枉抗争。

秋 柳

二月春风似剪刀，
裁出细叶俏眉梢。
秋风不满春风意，
横扫残枝飞九霄。

惊春（一）

细雨蒙蒙静夜中，
春枝蠕动嫩芽萌。
沉沉睡意南柯里，
初响轻雷晨梦惊。

惊春（二）

春雷乍响送温柔，
惊破含苞初露头。
从此人间多烂漫，
三山五岳竞风流。

金屋问计

江东临阵求良策，
文武同朝议抗曹。
寡智群儒无以对，
不及红粉小娇乔。

金陵得月台夜

今时明月旧时宫，
得月台前万事空。
明月依然着玉色，
台前不亮六朝灯。

咏 茶 女

春山晨雾飞云岭，
晓露湿衣忙艳妆。
采尽人生甘苦涩，
青瓷碗里浸幽香。

黄鹤楼秋

楼高天近楚云闲，
飞雁声声归故园。
历历晴川极目远，
大江东去浪接天。

武大春天

校园春意付樱花，
学子求知来万家。
桃李胸怀天下志，
江城云雨育风华。

落梨花

梨花带雨俏新枝，
吹落随风又入泥。
来去匆匆忽不见，
问君春有几多时。

晚 庭

明月东升云雾开，
风吹花影乱徘徊。
庭前百草皆失色，
唯有暗香扑面来。

枯 木

庭前百草竞初新，
唯有枯榆耳不闻。
早已筋疲乏力尽，
东风枉度负春心。

三月行

江南江北皆春色，
杨柳飞花百草开。
行客早闻淮水好，
金陵烟雨满楼台。

秦岭春早

一夜春风到岭前，
百花争艳逞斑斓。
多情红杏墙头探，
欲压群芳自有难。

柳　笛

春柳枝条身段柔，
脱皮做器代歌喉。
虽然尽是无名曲，
单调之音听却幽。

垦荒人

开拓江边蒿草蓬，
历经寒暑雨兼风。
田园耕作十年整，
苦辣酸甜心自明。

咏 禾

雨后山青万象新，
彩虹迷漫映耕人。
春苗争露无私欲，
只为金秋喜满门。

雨后晚山

西山高树争七彩，
东岭浮云风遁开。
落日含悲低调去，
欢心明月悄然来。

春晓（一）

细雨无声潜静夜，
晓鸡鸣报海棠开。
推窗驱走庭前雾，
阵阵香风入室来。

春晓（二）

细雨微风敲夜窗，
晨风暗里送芳香。
晓临花径为先客，
早有蜂君蕊内藏。

长城吟（一）

万里长城万里寒，
郎君命苦早归天。
孟姜一去谁怜悯，
从此无人送纸钱。

长城吟（二）

烽火硝烟虽已去，
杀声仍在耳边急。
寒关城下埋忠骨，
万里悲歌万里凄。

晨游（一）

一唱雄鸡天下白，
曙光初照紫云开。
晨曦漫步晴方好，
晓露闲情山道来。

晨游（二）

夜鸟安然卧晓枝，
林间移步露沾衣。
小桥流水溪环树，
追赶山花过岭西。

石　林

遍野丰碑无撰文，
千年风雨造石林。
青山广瀚原平坦，
沧海桑田演化痕。

踏　春

三月烟飞柳吐黄，
巡河踏草堰堤长。
相邻隔水桃千树，
两岸花开一脉香。

夜行人

垂柳河边夜鸟栖，
行人月下脚声急。
归程十里穿山道，
岭上风高星斗稀。

古寺晨钟

飞鸟鸣林溪水流，
山托旭日上枝头。
风吹晨露滴滴落，
古刹钟声阵阵悠。

夜　捕

半轮明月照江舟，
渔火光微顺水流。
诱饵陈结归岸去，
夜深金鲤上银钩。

春　光

春光回转地初青，
敢叫千山百草红。
展望枝头结硕果，
还须风雨送一程。

梦

南柯园里尽荒唐，
亦假亦真无序章。
演义诸多虚幻事，
徒然惊醒忆还香。

日　历

一日一片撕岁月，
黄毛直至满腮须。
初来总觉时间慢，
白鬓方惜去太急。

归燕（一）

飞谢梨花紫燕来，
空中过往乱徘徊。
因何未把春枝顾，
秀口衔泥忙不开。

归燕（二）

远去时长知后悔，
来年春暖又飞回。
情深自嫁屋檐下，
不用闲人乱做媒。

牵牛花（一）

几朵顽皮登晚篱，
夜深偷看月中姬。
篱高有险疾风劲，
吹断丝藤后悔迟。

牵牛花（二）

喇叭高举尽无声，
越过竹篱面向东。
初见朝阳呈笑脸，
西山落日现愁容。

牵牛花（三）

溪边荒径向阳开，
乱草丛中任盛衰。
不问红尘谁主宰，
欣然乐道自开怀。

别友人（一）

送君求业九州游，
简易行囊肩上丢。
望断青山人不见，
烟云迷漫路悠悠。

别友人（二）

细雨无声催木新，
村头树下送征人。
小桥流水扬长去，
最是依依杨柳春。

别友人（三）

亭前拱手道别情，
千里风尘独自行。
不怕异乡知己少，
晓君豁朗善结朋。

春柳（一）

二月春风吹细条，
亦黄亦绿漫扶摇。
虽然未见枝头翠，
梦幻依稀上柳梢。

春柳（二）

风吹细柳摇诗意，
笔对枝头撰彩文。
不问须根说烂漫，
是谁暗里送阳春。

月　夜

夜静风高月似钩，
举杯邀客忆乡愁。
隔空遥望八千里，
浊酒舀干意未休。

咏　兰

已是深秋百草残，
清馨未改靓依然。
娇身纤细铮铮骨，
不畏风霜耐岁寒。

蝶畏梅

众芳回避自妍开，
独霸春风占擂台。
胆怯粉蝶难露面，
一心单等杏花来。

赏　菊

九月风萧枯叶沉，
秋深瑟重步园林。
金菊艳丽招行客，
谁记栽花何许人。

乘高铁（一）

一段垂青一段黄，
如飞轨快路非长。
朝辞江汉冰城晚，
千里乡园闻稻香。

乘高铁（二）

电驱长轨快如风，
离去回乡同路行。
甘苦难明君自悟，
一车共载各人生。

江夜（一）

一船明月满江星，
顺水追风航夜空。
渔火逐波急闪闪，
晚鸦惊树叫声声。

江夜（二）

晚帆赶浪桨声急，
人影依舟有若离。
钩月穿行云雾里，
银河时现夜星稀。

江夜（三）

近水行人步履轻，
沙洲劲草斗疾风。
苇花月下摇秋意，
日暮江边闻雁声。

秋　翁

蟋蟀低鸣荒草滩，
天高风爽水稍寒。
清秋一改炎炎日，
守网渔翁蒲扇闲。

莫　愁

秋雁南飞君莫愁，
春归大地定回头。
西风落叶青荫去，
留下菊花香满楼。

渔家吟

清波摇动数丛峰，
落日追舟水上行。
残桨长年风雨里，
席间美味浪中生。

新　生

二月春风拂柳梢，
新发嫩叶挂丝绦。
黄莺破晓枝头叫，
唤醒千山重塑骄。

武当山春晚

春风迟到武当来，
道观桃花昨夜开。
不是钟声催促紧，
崎岖山路正徘徊。

秋游长江

千里江波影幻楼，
红枫绿水竞清秋。
云峰雾岭着诗意，
顿惹骚人笔不休。

咏　荷

春去荷塘荡夏风，
娇花伞叶水中生。
露珠似滚相思泪，
滴落人间不了情。

远行人

航船远去浪相随，
游子离家何日归。
沧海无边人恋岸，
茫茫烟雾漫天飞。

济　公

西湖岸上塑金身，
行善除邪警后人。
褴褛遮身鞋帽破，
无边趣事古延今。

飞　雪

黎明即起步楼台，
横断南山满目白。
恰似梨花开又落，
无思无虑乱徘徊。

雾　松

一夜人间梦幻来，
晶莹素丽壮情怀。
天书童画生琼界，
玉树银花肆意开。

咏蜡梅

寒风雪里笑冰霜，
绿叶迟来妒艳妆。
自信淡黄独占岭，
千枝谁敢乱芬芳。

游武侯祠

丞相祠堂忆旧年，
轻挥羽扇两军前。
平生算尽千秋事，
无计陈施五丈原。

望　月

玉兔东升出广寒，
婵娟寂寞几多年。
都说愁楚人先老，
素女至今颜未残。

背　约

柳下清馨焦粉裙，
黄昏已过觅无君。
晚风有意随云去，
明月无心空照人。

荷　塘

百亩方池一画台，
丹青泼墨浪中来。
蓝天做纸描红绿，
水下生花心境开。

雨后送归人

云断长空雨断秋，
秋河水涨送行舟。
舟连河水水连岸，
岸上风吹不断愁。

思　亲

几度团圆梦里回，
心焦日夜盼人归。
西风送雁南国去，
又见秋山枯叶飞。

送友赴甘肃

故人西去雨兼风，
路远山高独自行。
难渡天关无坦径，
家乡有道记归程。

风吹雪

飞烟浩瀚锁千山，
雪漠晶原接碧天。
一夜塑风尘世改，
人间崎路变平川。

同仁堂

真材实料信当先，
得道源于民为天。
号铺立足三百载，
可同山水共千年。

雪

熙熙攘攘纷纷落，
不问山川湖与河。
但愿红尘无异色，
晶莹满世少浑浊。

深山游

空灵青翠鸟叽叽，
树透霓光影幻奇。
曲径晨曦深处好，
山中无雨露湿衣。

幽　林

清馨幽静始无尘，
走进竹林享绿荫。
倘若七贤今尚在，
安能拱手让他人。

冬　雪

昨夜悄然庭院来，
轻盈文静落楼台。
声高但恐惊春梦，
弄醒东风招自裁。

秋游紫禁城

秋风萧瑟入皇城，
枯叶铺街人踏行。
不见奏书飞万里，
更无车马向深宫。

黄鹤楼晚

黄鹤楼高览汉阳，
满街灯火闪霓光。
争流舟舸头衔尾，
寻梦江中日夜忙。

游 道 观

远望楼台烟雨中，
山高林密雾空蒙。
堂前居士焚香火，
为己为人谁道清。

后海银杏树

昨夜皇城暗降霜，
长街一色树枝黄。
整装列队披金甲，
有素之师没佩枪。

广场春天（一）

阳春三月庆升平，
鼓重歌轻喜味浓。
飞鸟空中吟小曲，
招来紫燕舞东风。

广场春天（二）

脚踏节拍听鼓声，
红裙飘逸舞春风。
夕阳烂漫霞光好，
仰面高歌唱复兴。

秋山（一）

夕阳挂树唤归鸦，
暮岭飞云生彩霞。
昨夜风吹寒露降，
秋枫红胜杜鹃花。

秋山（二）

一年一度复黄青，
俯瞰千山硕果丰。
不是春风携细雨，
秋风再劲也无功。

秋山（三）

晚霞飞渡映秋山，
绿淡红浓生紫烟。
岭上霜枫争艳丽，
敢同二月竞斑斓。

秋山（四）

远上秋山夕照明，
青红错落紫烟生。
菊花岭下撩飞雁，
五彩争风醋意浓。

紫薇花

红粉交织一树花，
长开六月久光华。
昔时只饱王侯眼，
难进寻常百姓家。

荷塘暮色

霞光铺道走池塘，
傍晚风清夏日长。
荷叶藏娇遮不住，
拨开伞盖望夕阳。

牌　坊

百载牌坊颂古人，
为官短暂义长存。
仁德无语能传世，
是爱钱权是爱民。

望星空（一）

一轮明月漫天星，
簪划银河苦断情。
闲叙牛郎织女事，
频传神话对伢童。

望星空（二）

仙境并非无坎坷，
人间天上有重合。
银河两岸隔星斗，
织女牛郎凄楚多。

瓜　园

立杆结草筑凉棚，
避暑通风困意生。
蒲扇搭肩翁睡去，
偷瓜小子有机乘。

晨雾游山

清溪击水莺声脆，
曲径通幽晨雾埋。
紫霭难夺青岭秀，
清风吹过翠屏开。

雨夜会

细雨湿风静夜沉，
天失明月柳失荫。
相约树下无诚意，
泥路无声不见人。

百里漓江

漓江山水映漓江，
百里奇峰绘画廊。
浪稳舟轻云岭秀，
清泉倒挂玉帘长。

桂林山水

低岭连绵圆润峰，
漓江秀丽浪多情。
山幽水美名天下，
还看竹林烟雨中。

漓江人家

幽林近岸几人家，
蚕豆爬篱架上瓜。
水绿舟轻鱼戏网，
竹排追浪赶群鸭。

村头柳

离家少小青枝壮，
老大回乡如旧年。
面面无言相对看，
光阴同度我先残。

求　知

求知达理长十载，
及第还须广聚才。
学海无边勤是岸，
梅花香自苦寒来。

复桃园

春风回转入桃园，
柳绿莺啼年复年。
看似红尘皆未变，
霜花偷鬓染残颜。

除　夕

光阴急逝岁如烟，
人静更深杯酒残。
不愿钟声鸣午夜，
钟声鸣尽又一年。

游峡谷

峭壁危峰欲触天，
竹林如海绿如烟。
清溪绕岭扬长去，
千里无思随遇安。

蜂　蝶

春风乏力芳菲尽，
负义蜂蝶寻客家。
飞到霜寒篱下艳，
无颜自愧见菊花。

短桥春

短桥溪岸走竹林，
细雨轻风催草新。
杨柳拂摇春意闹，
牧童笛管对牛吟。

夜赏海棠

庭前月下不张扬，
巧借清风送暗香。
时至三更无倦意，
依然深夜粉红妆。

山村傍晚

栖鸟村头争夜柳，
西山暮色彩云接。
残阳带走林荫去，
明月初来树影斜。

鹦　鹉

羽翠多姿展亮鲜，
叽喳学语媚人前。
只因巧嘴招身禁，
口笨乌鸦天地宽。

端午吟

汨罗江水洞庭流，
江水流绝不断愁。
试问谁留千古恨，
风悲云怒怨春秋。

柳　絮

并非随意舞东风，
千里飞烟为继承。
柳絮无思天有道，
尽发小伞四方行。

夜　舟

一船明月满江星，
星月巡河游碧空。
织女嫦娥邻里近，
清规恪守不相通。

秋　晚

玉露雕红枫树林，
寒菊霜里塑金身。
秋虫命短悲声尽，
明月当空笑冷云。

浮　云

有影无根飘在空，
南游北荡任西东。
问君末了知何处，
路转风回不定踪。

春与柳

檐下冰滴柳孕芽，
丝绦轻摆绿黄纱。
但非亦是随风动，
春意无钩挂树丫。

咏燕

檐下栖身方寸间，
取食风雨育雏难。
春来秋去征南北，
历尽艰辛年复年。

春燕探闺房

微风细雨伴春归，
紫燕窗前绕树飞。
窥探娇屋寻旧主，
情深义重老巢回。

回　家

高堂妻小最牵魂，
聚少离多稀近亲。
人在途中归意切，
焦心早已入家门。

游山（一）

芳菲山下已凋衰，
峭壁东风常晚来。
莫道春归无觅处，
桃花岭上且初开。

游山（二）

君随春意逛青山，
一路风吹芳草兰。
风在途中轻快去，
人行陡径步艰难。

游山（三）

曲径悠长不见头，
竹林深处看溪流。
野花岭上开无主，
独占春风好自由。

望　路

阳春三月柳烟飞，
尽嗅芳馨瞭翠微。
明眼小家偷赏景，
村头暗里望人归。

春忙（一）

艳阳着意柳烟多，
草绿山青羊满坡。
田野耕犁追布谷，
乡村远近抢春播。

春忙（二）

柳梢麻雀吵夕阳，
月挂枝头影上窗。
四月农家春事紧，
耕犁归晚理田忙。

早　梅

春风有意越楼台，
小院寒梅任性开。
只为人间多烂漫，
溜冰踏雪抢先来。

梅　雪

娇容飞雪共晨光，
飘落春枝一并香。
莫让寒风胡用笔，
红梅脸上乱涂霜。

盆　花

可怜一束美芙蓉，
软禁金屋不作声。
羡慕庭前风戏柳，
屋门难迈困囚笼。

春归（一）

塘水出荷烟柳稀，
东风无力宠娇枝。
群芳莫怪春归早，
岭上秋枫等不及。

春归（二）

桃花未谢杏花开，
柳絮飞烟黄雀来。
深院高墙隔不断，
东风依旧入春宅。

春归（三）

细雨轻声敲夜窗，
金鸡唱晓报晨光。
东风早有回春意，
暗使芳菲处处香。

咏三角梅

漫步郊园赏翠微，
溪边千树舞芳菲。
龙枝蝶瓣绝佳艳，
还数春城叶子梅。

春风与柳

枝上黄莺声巧脆，
扯媒拉纤费咽喉。
春风纳妾谁出嫁，
绿柳含羞梳俏头。

闻 乡 曲

清风月下尽销魂，
一院芳香熏柳荫。
墙外笛声吹夜曲，
童年故里旧时音。

游 西 湖

潋滟湖光灵隐旁，
济公趣事比天长。
碧池尽演荷花秀，
岸上风吹茉莉香。

玫瑰邀月

风摇花影扫楼台，
小院玫瑰含笑开。
送走残阳西岭去，
东山明月应邀来。

夜　读

柳枝摇曳扫纱窗，
月影依稀静夜长。
书案埋头听报晓，
金鸡频唤早茶香。

老城新貌

除尽脏街绝陋室，
柏油路上跑豪车。
高楼别墅谁人住，
都是寻常百姓多。

江南春事

积淀丰年流汗水，
茶园忙罢理桑田。
莺鸣柳绿无心顾，
四月江南人少闲。

残 春

絮罢烟消春欲尽，
东风吹过落花多。
榆钱树下纷纷降，
能否拾来换酒喝。

春欲尽

夜短天长起懒床，
三杆旭日上东窗。
不知红杏何时去，
又问桃花向哪方。

春 短

花开花落又一周，
日月轮回永不休。
但遇春风别错过，
春风错过看衰秋。

秋　寺

残寺荒凉锁瑟山，
香稀客少案头寒。
钟声不响谁超度？
尘世茫然寻自安。

牌　楼

往事悠悠烟雨中，
两坊历历各西东。
千秋功过谁人定，
凄楚风铃响不停。

溪边漫步

顺溪移步赶清流，
近水渔家桨泛舟。
柳絮张扬随意去，
逐风飘落任春秋。

春意迷人

溪清水秀映胭红，
野鸟林间相竞鸣。
春意迷人常醉客，
人迷时入粉怀中。

游江望山上寺院

青山一路鸟飞鸣，
千里江波烟雾蒙。
烟雾迷人人自省，
何须寺院响钟声。

蝶恋花

东风给力草芳香，
斜月枝头树影长。
夜静人乏花睡去，
彩蝶恋朵卧身旁。

游　云

林密山高荒草长，
弯溪曲径野茫茫。
浮云此去游何处，
走过当前向远方。

农家秋色

风清云淡雁飞南，
枫叶淋霜不厌寒。
满院鸡鸭听犬吠，
田园稻谷画丰年。

春　图

桃花带雨杏花红，
四月墙头爬紫藤。
日暮飞烟泼彩墨，
东升明月画丹青。

春园紧锁

桃花园内舞东风，
门紧无缘莫面容。
春有真情难锁住，
枝头喜见杏花红。

重阳雪

飞雪突来玉盖山，
西风助虐岭头寒。
白衣难掩红枫艳，
秋火燃烧九月天。

荷叶晨露

桃花飞落又一春，
郊外池塘初见新。
晨露滴荷薄命短，
东升红日不饶人。

楼上望夕阳

夕阳挂树影高楼，
霜鬓余晖相对愁。
曲指庚年盘日月，
瞬间已过六十秋。

雪中柳

残枝无助越冬难，
历雪经霜盼换天。
归雁何时吟旧曲，
东风再度柳飞烟。

枯柳

秋风落木柳枝空，
二月剪刀枉费工。
能否春秋别暗斗，
人间共享柳常青。

傲　梅

凭借春风笑雪飞，
春风无意宠娇梅。
春来飞雪无宜日，
雪尽春归谁笑谁？

南阳行

春风携雨落南阳，
带刺玫瑰蕊正香。
多少行人心不动，
深知叶下暗机藏。

残　秋

秋风落叶看山空，
白发霜眉老态生。
枯木逢春能转绿，
光阴一去不归程。

冤 杏

同是花开两样说，
粉桃受宠杏非多。
只因急性墙头越，
尽惹闲人嚼乱舌。

春思（一）

又绿江南莺报春，
故园想必雪无垠。
虽说暖意边关晚，
不碍归心增几分。

春思（二）

黄鹤楼高蛇岭低，
春洲润色草萋萋。
江南花好难留客，
塞外风寒归意急。

秋夜思

静夜群星追北斗，
忧思千里意牵家。
东升明月怜乡客，
默默无声照桂花。

山乡夜色

织女牛郎盼鹊桥，
银河远落两山凹。
流星袭树惊飞鸟，
钩月枝头争雀巢。

山　庄

竹篱分院落山峦，
几户人家几缕烟。
岭上牵牛吹快乐，
林幽溪静鸟悠闲。

风　筝

娇姿妩媚借风飘，
直上青云浪九霄。
明眼逍遥千丈远，
暗中丝线掌心操。

清　秋

枯木萧条卷瑟风，
霜袭秋叶岭空空。
怜蝉惧冷凄声断，
寒露无情落老桐。

山村夜色

西岭云霞遮夜树，
东山明月照昏林。
归巢野鸟枝头落，
柳下相约低语人。

三月雪

三月春风吹碧雪，
梨花飞雪两纷纷。
梨花飞落撩人醉，
飞雪袭来伤透春。

友宴

陈酒知音分外香，
同窗无忌话癫狂。
春秋共度经风雨，
流水泱泱情意长。

咏线杆

初看平庸一木头，
历经风雨度春秋。
甘心肩负千斤重，
遍送佳音向九州。

夜游黄浦江

摩天广厦江边立，
两岸喧嚣不夜灯。
水顺舟轻人近海，
闻歌唱酒过吴淞。

松花江提水站

轻舟逐浪荡清江，
机器轰鸣水道长。
撒下人间千顷绿，
田园风卷稻花香。

游 梅 岭

不见闲居重意人，
青山幽静岭回春。
梅妻鹤子今何在，
茅舍竹篱犹自存。

夜 钓

风平浪静好行舟，
意爽无眠垂夜钩。
萤火飞明杨柳暗，
只身乘兴钓江流。

吟 楚 秋

十年江汉仍为客，
难断根深塞外情。
昨夜风吹积雨尽，
隔窗入耳雁声声。

夏夜闲叙

落日沉沉随暑去，
清风月下送阴凉。
知音闲叙楼台上，
深夜无眠老话长。

春

昨夜东风吹草长，
黄莺戏柳吵夕阳。
田间又见耕犁走，
勤恳农家耘小康。

长城秋晚

万里长城万里疆，
杀声犹在噪残阳。
八达岭下埋忠骨，
萧瑟秋风吹古墙。

春早（一）

春笛带露吹晨雾，
声破纱窗和晓鸡。
昨夜东风追细雨，
庭前翠鸟戏新枝。

春早（二）

溪水轻声绕晓村，
黄莺细语唱青荫。
推窗着眼花千树，
一夜东风万里春。

紫　薇

皮肤细腻润光泽，
羞涩娇滴脂粉多。
拂体无风枝乱颤，
人前卖弄送秋波。

三峡晚秋

平湖明月顺江流，
水碧光寒行夜舟。
近岸人家灯火渺，
猿啼深处隐声幽。

舟中夜叙

风轻湖静水波平，
月下同君闲话中。
说到相关甘苦处，
扁舟满载半生情。

游 故 宫

碧瓦琉璃嵌帝宫，
皇家去后满城空。
悠悠千古云云事，
都付长河烟雨中。

68 届同学把酒话别

学期未尽断书香，
把酒言别苦断肠。
试问苍天何处是，
前途漫漫路迷茫。

秋过大小姑山

逐浪白云顺水流，
楚天空荡冷风忧。
横江隔断情难了，
一对婵娟两岸愁。

春游长城

墙里开花墙外香，
墙高难挡朵芬芳。
天南地北皆春色，
万里长城枉设防。

一株野花

野渡桥边乱草丛，
独枝小朵露芳容。
因何平淡夺人目，
受宠原于无与争。

山庄春色

风吹花海醉春深，
一入山村万象新。
岭上桃开红杏艳，
农家院里挤游人。

游　江

千里烟波两岸幽，
舟轻水顺下扬州。
李白送客花三月，
尽望孤帆天际流。

晚　别

送君离岸踏行舟，
影入昏江顺水流。
布谷飞鸣何处去，
西山落日挂枝头。

吟长城

预防外患筑高墙，
远望长城万里疆。
非是墙高能固土，
众人合志万年长。

钱塘大潮

钱塘涛涌浪飞天，
东海龙王怯动帆。
撞坝潮高能浣月，
银河缺水可充添。

咏雁

回避寒潮转洞庭，
寒潮一过返归程。
潇湘水暖难留客，
不忘边关未了情。

游　雁

雏雁高飞迫远行，
洞庭水暖益新生。
江南草绿无秋色，
日后思乡复旧程。

游状元笔景区

绝壁凌空瞰众山，
状元执笔叙人间。
红尘多少难言事，
半吐半吞说不完。

七月南方行

冰城登路赴江城，
转道山城又武隆。
流火无情人有意，
渝君待客酱香浓。

山城夜色

依山错落百楼高，
二水争雄吞彩桥。
灯火垂江明两岸，
举杯对月醉渝宵。

日 月

光暗光强互不争，
阴阳交错有平衡。
遵章各自行其道，
日月轮回万物兴。

畅 游

登渡金沙舟弃岸，
飞流急泻水出川。
青山开道突云雨，
千里狂涛欲溅天。

壶口瀑布

银河水泻落人间，
直把狂涛垂玉帘。
万缕飞烟声震撼，
石分地裂向天边。

南方行（一）

春风无意四方游，
行客有心达九州。
走遍江南烟雨处，
桂林山水胜一筹。

南方行（二）

飞车急速载秋风，
千里江南一日程。
孤客无须担寂寞，
白云相伴雁随行。

九日会

岁月无情缘入怀，
举杯相对笑头白。
醉人不是菊花酒，
风雨春秋同路来。

晚行（一）

徒追明月下春山，
人过清溪影倒悬。
闲探林深枝叶茂，
石头丢去未击穿。

晚行（二）

日暮春山鸦敛声，
罗裳冷艳露珠浓。
佳人不觉林深处，
寒意无情涧水生。

游人畅晚

秋枫霜叶胜春花，
不爱晨光爱晚霞。
日暮山庄烟雾好，
红云飞渡映千家。

山寺桃花

禅寺周边芳草晚，
春风迟到此间来。
行前山下桃花谢，
又见桃花岭上开。

咏 路 灯

静立街旁不作声，
光微勿与太阳争。
前行路上除阴暗，
亮小情深尽力行。

秋　歌

苍山涧瀑落寒秋，
残叶纷飞顺水流。
枯木临风愁满地，
夕阳戏我映白头。

洞庭湖秋夜

洞庭明月洞庭生，
舟影无声舟影行。
晚雁安然相睡去，
渔家灯火照芦棚。

山　溪

急流初走两岩间，
溪水清清时在山。
山外悠悠行远路，
出山可保总清廉。

落花时节

墙高难挡芳菲去，
见异粉蝶飞客家。
春尽东风随柳絮，
庭前芳草竞凋花。

采莲女

千湖连璧飞烟雨，
常做池中弄水人。
远去船篷遮俏丽，
莲花相似藕塘深。

乡　恋

生来终住水塘边，
弄网行舟看睡莲。
即使蝉声喧日夜，
初心不改爱江南。

枫与柳

秋枫不畏寒霜降，
岭上欣然红叶飞。
春柳生来无傲骨，
西风一到败枝垂。

七　夕

喜鹊搭桥求美梦，
人间天上总关情。
银河流水愁难断，
仰望牛郎织女星。

九 日 吟

黄花怀旧上楼台，
不畏西风择日开。
霜鬓寻初思往事，
重阳沽酒客邀来。

东湖磨山秋

一湖秋色彩颜多，
红绿橙黄紫漫坡。
游客翻山随意去，
强留烟雨戏清波。

空　情

一机满载八方客，
四海同行不共音。
北调声高人爽快，
南腔细腻更斯文。

西湖早春

湖光潋滟水多情，
不见荷花虚此行。
杨柳飞花何处去，
人来人往踏春风。

驿马山墓地

驿马山坡列墓茔，
禅房早晚响阴钟。
木鱼深夜经声断，
河水不绝流少陵。

老　榆

久经风雨历春秋，
一世清名扬九州。
身上金钱皆撒尽，
心无杂念意悠悠。

重登黄鹤楼

烟花三月柳随风，
重蹈蛇山楼做峰。
黄鹤不思江汉雨，
回程路上影无踪。

江上游

绿浪翻江逐水流，
浪花拍岸掉船头。
顺风顺水轻舟快，
连下三城桨未休。

夜饮

竹窗望月影阑干，
挚友擎杯言逝川。
风雨无常天有道，
人间百态理为先。

南海行

琼洲水阔浪追风，
千里航帆一日行。
览过西沙无碧岛，
不来南海枉人生。

风

长空寻路闯天涯，
来去无踪处处家。
浪迹红尘追日月，
风流潇洒似行侠。

夜行（一）

钩月悠闲虫自鸣，
微声入夜汇清风。
一潭静水惊蛙跳，
打破清池细浪生。

夜行（二）

风清月朗汉河长，
一路蛙声闹水塘。
不是有心贪夜色，
只因巧赶好时光。

中秋雨

中秋时刻雨纷纷，
不见寒宫苦命人。
常怨粗心服错药，
终生后悔恨孤身。

秋风吟

他乡求业苦千般，
暑去寒来计问天。
枯叶飘飞何处是，
西风吹落又一年。

桃花春燕

渐谢夭桃春日短，
东风吹尽燕初还。
年年迟到习难改，
不见烟花闹粉园。

山城江岸

嘉陵流尽长江现，
二水相合波浪宽。
穿过千峰通大道，
出川别样换新天。

出游宿江南山村

千里莺啼草木青，
江南江北看花红。
呢喃土燕山岩下，
不用衔泥入洞宫。

武汉赠小女

行尽南朝闯数关，
江城立业日中天。
楼高月近风声厉，
水阔涛汹防险帆。

山　中

难识横侧岭连峰，
远近高低类似同。
角度更新形各异，
一山一景另番情。

夜　渡

秦淮灯火夜行舟，
两岸青楼歌舞休。
明月悠悠说岁月，
千年往事顺河流。

游　园

微风园里数枝红，
柏翠藤柔杨柳青。
不是人间缺美景，
无珠有眼万般空。

林芝行

藏区多有江南意，
绿水青山影映晖。
近岸游人行络绎，
桃花园里看蝶飞。

冰　花

一镜冰花千幢景，
天公神笔绘晶窗。
飞禽走兽山川秀，
枝法高深胜马良。

自　乐

是否虚为问上苍，
人生负我近残阳。
小酌一日三杯酒，
拙笔常提诗乱章。

山村恋

野草青青春意浓，
溪边隔水动歌声。
含羞举措频频现，
不是调情是送情。

天山一角

雪岭接天高百尺，
绿茵浩瀚跑牛羊。
姑娘策马追情汉，
流水潺潺芳草香。

双鹂争树

春风摇柳两鹂争，
击翅顽雄乱作声。
何故徒然双遁去，
凌空凶隼露狰狞。

郊　夜

钩月枝头夜鸟惊，
晚鸦巢里作啼声。
谁人树下胡乱语，
海誓山盟虚吐情。

晚　约

月下徘徊影乱移，
高楼远处见虹霓。
黄昏空等春亭后，
虫噪蛙烦风犯急。

溪水梨花

岸上琼枝白玉条，
溪间倒映浪中摇。
梨花飞落随波去，
凭命由天任水漂。

吟　菊

春秋历尽伴蒿蓬，
空望高楼数夜星。
难觅避风遮雨处，
东园篱下怨陶公。

农家乐

山村旭日耀金秋，
飞雁声声稻谷熟。
春种田园千粒粟，
回酬万担报丰收。

江南秋

三伏已过进初秋，
高树依然翠叶稠。
是夏是秋难判断，
蝉声喧闹不知愁。

海 岛 别

有缘此处再相逢，
琼岛无心人有情。
分手天涯杯酒苦，
来年海角定成行。

春游寒山寺夜

不见霜天无夜泊，
姑苏明月照春河。
枫桥渔火飞烟雨，
古寺沧桑故事多。

游长江（一）

千里青山两岸幽，
野猿啼树送行舟。
三峡坝展平湖阔，
烟雨楼台乘水流。

游长江（二）

千里春烟伴水流，
青山逐浪赶轻舟。
平湖岸阔三峡险，
峭壁接天望岭头。

颂汉将军李广

大漠烽烟吹铁骑，
胡人作乱鼓声急。
将军飞箭边关定，
千里黄沙革裹尸。

江 南 行

年迈思亲异地行，
新春念子赴江城。
寒鸦相送声嘶哑，
树上低鸣也懂情。

秋　叶

秋风无意吹枯木，
残叶难离似有情。
不愿飘飞他处去，
归根树下报终生。

林海听松涛

风吹林海千山动，
岭滚松涛声震天。
万马奔腾鸣号角，
翻江蹈浪卷狂澜。

渔　舟

归舟江上彩云间，
落日沉浮浪浣天。
水远鱼肥收网晚，
清波悠载满船还。

雏驹慰牛

春草青青没马蹄，
雏驹问世访新奇。
不知利角原何物，
胡乱亲昵遭叱鼻。

观《雍正王朝》有感

残云飞雨绕城郭，
紫禁宫中故事多。
暗斗明争成与败，
千秋功过任凭说。

游园不值

梨白桃粉争春色，
自闭深庭均不知。
残雨携风凋艳丽，
折枝已是落花时。

送友人

千里京城带月归，
秋山暮色岭蒙灰。
清风代我随君去，
马后车前伺细微。

秋　雪

红叶青松雪压枝，
鲜明三色尽争奇。
秋风不忍吹枝颤，
凋落晶莹太可惜。

游小兴安岭

千里青山云绕峰，
清风带路鸟空鸣。
溪清水绿流春意，
林海幽深看古松。

昭君图

裘皮紧裹朔风疾，
粉面桃花涩泪滴。
大漠狂沙呼啸起，
苍天迷漫雁声凄。

霜枫爱

枫林最是秋君爱，
不顾霜寒顶露来。
红杏门前足迹少，
春风一过冷苍苔。

饮酒赏菊

酒兴怜菊闻暗香，
君菊一处过重阳。
西风吹落千丛木，
独有黄花不惧霜。

桃柳争春

春枝争俏柳梳头，
爱美桃花脂粉稠。
暗为东风精打扮，
怀揣心事面含羞。

秋江畅晚

轻舟急浪赶残阳，
一道霞光铺碧江。
遥望秋山金色好，
霜枫倚岭野菊香。

山菊畅晚

独居荒野受寒风，
仰慕飞鸿驰碧空。
因恋重阳贪暮色，
不能同尔共成行。

中　秋

望眼欲穿人未还，
几经十五盼连年。
长空明月随云去，
常见缺失难见圆。

深山花木

花木依山映日红，
林深僻处少行踪。
心甘岭上着娇艳，
不愿人前现媚容。

晚　年

瞬间已是鬓双斑，
一事无成枉对天。
空饮古稀千斗酒，
人生虚度愧残颜。

山村早景

金鸡唱晓炊烟起，
红日欲出生早霞。
夜露淋漓芳草净，
晨曦漫落紫薇花。

游 山 寺

山深路险鸟飞鸣，
溪水奔流细浪生。
古寺钟声忧郁郁，
案前香客语冥冥。

入 夏

晨曦云去晴方好，
漫步长廊过短桥。
送走春风迎夏雨，
小荷啼笑柳烟消。

谷　雨

地气蒸腾飞柳烟，
杜鹃淋雨满春山。
香风缕缕吹人醉，
布谷声声催种田。

舟　夜

月光如水水接天，
一道银河落远山。
近岸猿声惊夜谷，
轻舟摇过两山间。

城南战事

抗拒倭夷血染衣，
城南墙下号声急。
军家寻路争何处，
策马扬鞭尘雾迷。

枝头莺

残阳西下老云生，
枝上黄鹂恋幼莺。
酷似深知云变雨，
忙封巢口避阴风。

初　夏

紫燕衔泥忙做窝，
风和树绿野禽多。
柳烟不见春归尽，
夏日池塘笑粉荷。

候鸟识时

鸿雁高飞两地宜，
春来秋去应时机。
无思能觉乾坤变，
多有人间不解谜。

春　草

春芽蠕动雪消融，
枯草荒原抗劲风。
往日残秋施暴虐，
苍天还我本青青。

望庐山瀑布

日照香炉紫雾茫，
为观瀑布跨山梁。
尽知直下三千尺，
谁记他乡流水长。

浮云流水

浮云有意恋危峰，
缠绕山头不远行。
流水无情出谷去，
初心丢尽忘回程。

来 客

何人扣锁访寒宅，
定有嘉宾远道来。
学语小童急报信，
支吾不尽未明白。

汨 罗 江

一江春水满江愁，
屈子冤深水照流。
流水诉说千古恨，
白云无语静悠悠。

村头问路

阳春三月柳莺啼，
孺子顽皮戏小溪。
问道寻来村作客，
稚童带路脚滴泥。

游园未见菊

夏日寻花芳草盛，
东园篱下有空席。
满堂宾客谁来晚，
原是贪霜九月菊。

节　俭

早起迟归理瘦田，
锄禾正午日炎炎。
奢华挥霍盘中宴，
汗水滴干苦满园。

同学会

同窗数载少相逢，
对看无言寻旧情。
满面沧桑说岁月，
一头白发写人生。

今又重阳

岁岁重阳今又重，
今年不与往年同。
花开花落花常在，
人世沧桑白发生。

菊　花

非但陶家一处有，
东邻廊下满阶稠。
殷红不是霜临客，
一品淡黄独霸秋。

白桦下山

高山白桦耸危峰，
原本干茁枝叶青。
装点豪门移岭下，
加肥添水不得生。

苏城文化公园

郊外公园气象新，
文风牵动满城人。
闲来忙去行一处，
谈笑寻根说古今。

圆　月

素娥持兔月当圆，
十二圆缺汇整年。
一度人生圆几次，
别留悔恨满人间。

夜走池塘

圆月东升树影长，
闲情无事绕池塘。
风清意惬销魂夜，
出水荷花送暗香。

游小姑山

江南三月柳飞烟，
高树黄莺鸣楚天。
风送白云姑岭上，
青山独秀我独闲。

登高远望

日朗峰清眺碧江，
渔舟逐浪水茫茫。
横山阻断千重目，
天外云飞是故乡。

牵　情

游子离家赴远行，
庭前燕雀也知情。
五更即起枝头叫，
人去依然不罢声。

俭　妇

小童有恙请中医，
草作苦汤儿不食。
俭妇因疼银两费，
残汁饮尽解心疑。

咏电塔

前后连接丝不断，
飞行万水跨千山。
小康路上功卓著，
只为民生争泰安。

第三部分

五言律诗

夜进长春观

曲径柏森森，求全入晚林。
千家行异路，百客秉同心。
皓月追荫木，明烛照道人。
冥冥难懂语，难辨假和真。

江 上 人

风高吹桨动，浪打岸回音。
撒网捞春色，抛钩钓月心。
更深人入梦，暮静鸟归林。
梦里千般景，鱼竿记本真。

沦 落 人

日暮落西风，秋山急欲行。
归心生羽翼，疾步越征程。
月影随云动，林荫映树明。
天涯肠寸断，千里望乡情。

望山思故园

独坐望秋山，霜枫岁月寒。
孤云游野岭，双鹤竞高天。
溪水流何处，愁心奔故园。
西风吹更劲，可否助人还。

深山晚吟

离远山空静，临闻鸟语清。
潺溪出坳里，奇草映波中。
竹翠招闲士，林幽恋醉翁。
鹰悬高树上，坐看暮云行。

秋夜思（一）

昨日南山去，回程泪未干。
路边枯草劲，岭上艳枫寒。
缓步归庭院，苍眸望月圆。
长年千里外，离远意相连。

秋夜思（二）

窗外风萧瑟，秋虫夜不安。
雕床香被冷，明月静空寒。
提笔常多泪，铺宣时寡言。
不知何处起，一去二三年。

故园情

西风吹落叶，飞雁过秋山。
归客临溪岸，迎翁立水边。
相观搭话语，对面寻熟颜。
银发回乡里，久别心忘年。

拜　庙

山深幽静处，对柳护朱门。
游客临香案，青烟入翠林。
求佛应向善，问道为修身。
进贡贪凡事，相欺欺自人。

晨　游

古寺晨光好，山深闻鸟吟。
清溪石泛浪，绿岸草怡人。
湿径多滴露，沾鞋少溅身。
隔空听泻瀑，流水荡回音。

咏　燕

居占马蹄间，情深漏室寒。
忙时相寡语，闲里对呢喃。
育幼搏风雨，求生战老天。
屋檐托岁月，甘苦复连年。

驿马山

驿站何时建？传说有道仙。
旧门朝北坐，新宇向南安。
背对无来往，相邻不串联。
棋盘依静卧，大殿动香烟。

初春晚游

风吹春意动，溪水绕山村。
昨夜花开早，今晨柳吐新。
红枝交月影，绿叶复林荫。
曲径人相挽，林间移步深。

山乡春晚

柳绿莺声脆，风清吹草青。
娇桃涂脂粉，艳杏抹胭红。
远岭忙茶女，近坡闲牧童。
牛犁耕暮日，烟雨浣夕峰。

农家春晚

日暮炊烟起，山村月挂枝。
牛肥归牧晚，马壮抢耕急。
小院家禽满，高篱野鸟稀。
灶台人手乱，煮酒带烹鸡。

晚江归

暮色青山笼，隐约夕照峰。
浮云随桨动，流水攒船行。
明月游江底，暗星逐浪中。
帆沉仓满载，近岸笑渔翁。

飞　雪

千山飞锦絮，大野裹丝绒。
银岭连天际，铅云垒太空。
河飘长带舞，树吼朔风鸣。
远近成一色，浑然四海同。

贪腐无宁

贪官存侥幸，身裸觅机溜。
罪犯出边境，网张锁地球。
苍蝇无隐处，老虎少安丘。
正道通途坦，歪门入险沟。

春　图

溪水随川去，清波映绿荫。
长藤爬老树，芳草望青林。
天阔鹰难远，巢高鸟易临。
小童吹牧曲，牛伴马出村。

冬　柳

不是当初柳，莺啼翠叶稠。
朔风吹地冻，枯树望天忧。
应晓寻常事，何须无谓愁。
兴衰频转换，风雨复春秋。

苏城文化公园书法墙

笔力透长墙，恢宏气宇昂。
行云流水畅，泛涌动天狂。
塞外精英卧，东荒龙虎藏。
山川生撇捺，原野墨留香。

颐和园长廊

幽廊说远古，弯道话清宫。
凸显千秋事，凹含万代情。
神工描彩凤，鬼技凿飞龙。
前世留瑰宝，人间不可重。

蝉

春来初破茧，漫步向梧桐。
流响枝深处，闻声树隐踪。
欢欣逢夏日，苦难遇秋风。
常有揪心事，前途路不平。

春　种

布谷鸣春晚，追犁带燕飞。
江村闻犬吠，落日看人归。
户户迎耕者，餐餐备美炊。
擎杯言酒话，秋后果枝垂。

二 子 情

常人都有梦，游子落江城。
烟雨春山降，风霜秋日生。
多年辛苦事，一度奋争情。
酬志心神累，无刚业不成。

游 三 峡

一路行程远，巫云连楚山。
危峰直入雾，绝壁劲冲天。
水速舟当快，峰高鸟作难。
谷深烟雨渺，飞渡两岩间。

春 游

东风吹野绿，百草艳春时。
坡上牛争角，溪边柳浣枝。
青山生鸟道，碧水做鱼池。
细浪随流去，微波动卵石。

中秋思

又逢今夜月，不似往年圆。
席上无双盏，楼中少偶颜。
游人千里去，行客几时还。
塞外秋风起，北国烟雨寒。

深谷行

绝壁愁飞鸟，人行踏乱石。
莺啼岩下树，牛饮脚边溪。
云动山巅颤，烟游坡上移。
不当深谷客，怎写岭间诗。

晨游东湖磨山

湖边排暗柳，曲径自成荫。
紫燕单击水，黄莺双入林。
竹根生嫩笋，藤蔓长柔身。
晓露风吹树，珠滴行路人。

天　路

一线通南北，东西达四方。
高原情亦厚，天路意犹长。
隧道穿石岭，新桥贯雪乡。
风光凝汉藏，兄弟共辉煌。

登晚峰

荒径羊肠暗，登山力尽峰。
岭南夕雾重，坡北暮云轻。
芳草朝阳绽，青苔向背生。
苍天时有误，南北不相同。

海边行

乡园隔万里，夜幕寂孤行。
三亚天涯雨，琼州海角风。
滩头无浪意，近水有鸥声。
眼看千帆竞，心飞到碧空。

第四部分
七言律诗

晚 秋

寒露悄声落晚亭，昏鸦栖树嗓音轻。
长空皓月犹如梦，白鬓残颜亦似风。
浊酒常歌荣耀事，粗茶时想不堪情。
人生自古谁无憾，几位能得载汗青

咏皇城

琉璃碧瓦满皇城，斗拱飞檐翘碧空。
大气冲天呈震撼，恢宏拔地著威风。
前人智慧皆瞠目，后者折服尽赞声。
完玉绝伦传万代，精工永世不绝名。

习马会

千年铁树根深固，两岸一宗筋骨连。
巨手重合结旧顾，丹心相印著新篇。
共修坦路通幽处，同铲崎途向碧天。
九月寒菊争烂漫，芳香飞落满人间。

两弹一星飞天

大漠无烟飞鸟断，黄沙滚滚荡荒原。
一星问世人争气，两弹开花国泰安。
热血撒干铭万古，青春耗尽鉴千年。
至今回顾含辛泪，永记英雄意志坚。

赞 华 夏

寒秋大漠飘枯叶，秦岭青荫鸟作声。
塞北山空观木瑟，江南林茂看花红。
洞庭水美飞归雁，雪域风高落野鹰。
神圣九州疆土阔，子孙立志尽精忠。

山庄酒馆

小肆名高独占位，濒临河畔绿茵围。
沾花蝶影频频动，点水蜓身对对飞。
喜鹊枝头鸣嗓亮，寒鸦树上哑音微。
残阳似血依山近，酒罢风清醉客归。

过　年

心情愉悦笑迎春，又是一年气象新。
鞭炮声声鸣岁月，花灯盏盏照乾坤。
联书国泰千家旺，狮舞民安万户欣。
风送福音天降喜，惠农政策进庄门。

回家过年

归心怨恨路途长，醒梦牵魂是故乡。
四世同堂增喜色，儿孙共宴祝安康。
千杯美酒春风醉，一盏清茶瑞雪香。
华夏复兴催奋进，九州昌盛谱新章。

岭后松

山前气暖茂白杨，岭后松青寿命长。
少见阳光凌骤雪，多遭阴冷受寒霜。
千般苦雨强筋骨，百遍凄风炼栋梁。
温室娇花无大用，鲲鹏万里任翱翔。

荷塘捉迷

晨曦雨后晴方好，漫步湖边踏拱桥。
送走春风荷叶旺，迎来夏日柳烟消。
拨开青伞投身影，暗入莲塘藏艳娇。
少女弄船人不见，轻歌雅韵水中漂。

元 宵 夜

灯笼数种沿街挂，晚树枝头放彩霞。
五色分明同夜月，千姿争艳共烟花。
金猴作响惊环宇，篝火吞声焰万家。
人道瑶池仙境好，可知尘世有光华？

南水北调

丹江碧浪出峡谷，千里迢迢效北漂。
一路开山穿隧道，两方锹地架长桥。
游渠豫冀除干苦，流水京津消旱焦。
隋帝凿河图乐趣，当今心为庶民操。

游步行街

满街古迹布中兴，清史辉煌闻有声。
富甲捐资千币奉，庶民出力两坊成。
将军功绩苏城赫，骄子仁德江省铭。
一代英豪名永世，留得后继照此行。

檐下情

紫燕双飞同比翼，共扶后裔费心机。
身披晨雾欣然起，翅舞夕霞忙碌急。
黄嘴雏丫生老嗲，翎毛丰满展新姿。
离巢远去终究事，风雨艰途尚自知。

苏城文化公园

古韵新风书法墙，栏亭雕塑小桥长。
荷花妩媚撩池水，游客风光赏画廊。
广场健身人起舞，月台演奏曲飞扬。
民逢盛世精神爽，喜庆升平歌更狂。

海岛落脚

前年涉水随船渡，三亚风云春复秋。
海角求生空已愿，天涯沦落著君忧。
琼州暮日知何处，碧岛晨波无尽头。
非是五行山下客，谁人千里不乡愁。

草原行

暮色迷人篝火美，远山明月耀天辉。
白云荡荡随风去，骏马萧萧驾雾飞。
长调闻琴堪忘我，狂歌纵酒不思归。
平生至此心由愿，似醉如痴梦几回。

草原美

浩瀚苍茫情不尽，人行塞上意随开。
蓝天飞雁闻歌海，绿草生毡做舞台。
骏马追风标汉子，洁包好客显胸怀。
姑娘敬酒邀声美，手捧哈达祥瑞来。

访石门

芳草萋萋足迹罕，农夫指路入荒山。
只闻黄雀鸣荫柳，不见金驹卧洞天。
遗落残局仍未解，长存奥妙待承研。
古今多少迷离事，千载疑云人世间。

江南行

秦淮芳草争三月，美影怡心一眼收。
雨打新枝花做露，风拂绦柳鸟当秋。
小桥流水人来往，细浪行舟鱼竞游。
都道江南春色好，苏州看过看扬州。

秋　吟

叶落山空秋岭稀，虫息雁去又分离。
西风肆意吹枯木，寒露绝情落累枝。
虽是年年愁瑟瑟，总还次次苦凄凄。
何须不把来春盼，再度迎来奋进时。

后记

1952年，我生于巴彦县松鸦山脚下的农家，父亲母亲是一天书都没念过的地道农民。那时的人们活得很累，终年奔波于生计，对儿女们的读书根本无法重视。只盼孩子们能快点长大干活，日子也许能好过一些，对孩子们念书的要求，就是能识几个字就行了。我比父母命运要好一些，可能是为了让我识几个眼前字吧，父母送我上了学！

记得小学三年级时，接触了诗歌，“锄禾日当午，汗滴禾下土”“床前明月光，疑是地上霜”“鹅、鹅、鹅，曲项向天歌”……从此我对诗歌产生了兴趣。尽管农村孩子活儿多，我还是抑制不住自己的兴趣，挤时间也要找一些诗歌的书看，而且越读越有兴趣。这可能是我生平恋上诗歌的启蒙吧。

1965年，我幸运地在家叔的资助下念上了初中。可是一年后，天翻地覆的“文化大革命”开始了，整天“闹革命”，从此断送了我的学业。一个十三四岁的孩子，懵懵懂懂的，哪里知道啥叫“闹革命”啊，整天就是知道瞎闹腾，喊口号、开大会、东走西窜。

人的天性就是有求知欲望的，也许是老天给我这个爱诗歌的孩子一个机会吧，好多毛主席的诗词我都能背得滚瓜烂熟，当然也包括毛主席语录，这为我以后创作诗词打下了基础。

荒废的中学时期，没有学到该学的知识。1968 年，我怀着迷茫的心情毕业回乡务农，夜以继日地劳动，粗糙的手与笔纸已经无缘！

1971 年，我又一次幸运地进了工厂，又有时间接触笔、纸和书籍，淹没在内心深处对诗词的热爱又复苏了，时常背着人写几句顺口溜。现在回忆起来，依然是甜蜜如饴。虽然幼稚好笑，但那是我诗词创作的真正发端！

1978 年，母亲病逝，父亲带着几个没成年的弟弟妹妹，在农村没法生活。好在改革开放了，我和爱人商量把他们接到城里，一起共度难关。爱人真是个贤妻良母，十分痛快地同意了，至今我仍心存感激。但是凭空多了五口人，生活压力翻番地增加，为了维持家庭生活，我又失去了写诗的心绪和时间。

奔波劳碌到了花甲之年，总算是挨到了弟妹们都长大成人，成家立业，卸去了沉重的负担，这才得以重温我的爱好。

真正走向写诗的道路，应该十分感谢中学时的同窗好友陶淮。他当时是苏城诗社的编辑，让我非常羡慕，羡慕的不是他当编辑，而是他不但会写诗而且诗写得不错，在很多刊物上发表过诗词作品。一次在他家做客，他鼓励我写诗，因为他知道我对诗词的爱好，也时常写。随后他就帮我改了几首诗，并在《苏城诗萃》上发表了，一下子点燃了我对诗词的迷恋之情。这应该是我真正走上诗词创作之路的关键。

其实那时候我还不十分懂诗，以为五字四句就是“五言绝句”，七字四句就是“七言绝句”，八句就是律诗，不知道里面还有平仄、押韵、对仗等等，还不懂诗词写作那些繁杂得让人望而却步的规矩！后来在陶淮、顾辉、顾长富、何广会等好多诗友的帮助下，才逐步掌握了如何写诗，应该说他们是我的领路人，我特别感谢他们的指导和帮助！

我的诗真正写得能拿得出手，并结集出版，最应该感谢我的老师——自幼开始学诗的王玉德先生。多年来，他传授给我太多太多有关诗词的系统知识，讲给我很多别处听不到的东西。他是个老学究，一生读书藏书甚为丰富，诗词方面的知识十分通透。他对我花费了很多心血，可以称得上是因材施教吧。我出身农家，劣势明显，但同时也有他人不具备的优势。他不但手把手教会了我诗内功夫，使我较为迅速地掌握了声、韵、对，学会了按规矩创作诗词，还根据我的特殊经历，为我设计了一条特殊的创作路子。我记忆深处的田园、村庄、工厂、车间、机关、公务，我的人生经历在他的眼中就是宝库。因为出身于生活的底层，底层的生活是实在的，底层的人群更是实在的，实话实说，认实理儿。鉴于这种性格和人生路，他一步步引导我学习刘禹锡的诗风。几年下来，我一面仔细地研读刘禹锡的作品、精读他的诗集，一面潜心地学习他的诗路，一种浅入深出、寓哲理于现实的创作手法渐渐形成。力争不空言一句，不虚置一字地寓理于象、寓情于物，把深刻的道理植根于生活、植根于物象的写作习惯，越来越明显地体现在我的作品之中。用他的话说，我是较早形成自己风格的作者！

我的诗写出了一些成绩，当然还得感谢家人的支持——

爱人自己承担起全部家务，我要出诗集时她主动出钱；儿女们也是多年如一日地支持我的诗词创作。人生路上我能够有所成就，真的是应该感谢他们。

出这本诗集期间我大病了一场，多亏赵玉平、陶淮、李锡昌、孙文、王海顺、顾长富等诗友，积极为诗集校对。身为高级摄影师的杜忱大哥，为诗集提供照片，不辞辛苦地为我设计照片插页，给诗集增添了光彩，在此一并谢谢吧！

出这本诗集的过程中，我的老师也大病了一场，师徒两人真乃同病相怜。病未痊愈，他又拖着病体为此集作序。再次谢谢！

人老诗田新，耕耘鞭高举，一息尚存求知不止。作为诗词爱好者的我，一定要坚持写下去，力争写出更多的好作品，回报社会和伟大的时代。改革前那么多的经历，改革中那么多的故事，祖国的高速发展、翻天覆地的变化，都在等待我们去讴歌、去赞美。我要为实现中华民族伟大复兴的中国梦，为“两个一百年”奋斗目标，献出余年的绵薄之力。

安庆海

己亥槐月于巴彦